U0564518

四部要籍選刊・集部

蔣鵬翔 主編

元文類

九

〔元〕蘇天爵 編

浙江大學出版社

卷五十五

墓誌

卷五十六

墓表

卷五十七

神道碑

元文類卷之五十二

元　趙郡蘇天爵伯脩父編次

太原王守誠君實父挍訂

墓誌

南京路總管張公墓誌銘　姚燧

公諱庭珍字國寶曽大考淵大考士明以武力再世爲金千夫長家臨潢之全州考揖北京都轉運使故又家北京公於次爲中子沉信易直通毅辨彊綜經緯史尤長左氏春秋筮仕巳存愛民利物志事先帝

以典内帑受知先是高句驪不請徙居海中江華島上遣使問何由且詗其貳服親擇廷臣可者即命公時年二十三至其國王禮事之甚恭書言吾歲入幣大國未嘗不謹臣職非與未臣而敵已臣而叛者比而大軍歲入邊虔劉吾人民奴吾子女有吾貨財蹙吾上疆吾是以捨衍而完險誠出甚不得已之謀非首鼠他圖爲也木疏黃金以兩計白金以鎰計各千百數爲壽又言誠以是慺慺之言歸聞之上幸止邊軍無歲入願歲幣外别入如令相壽者數歲歲爲謝公

勃然曰王以天子之使求貨來耶揮去歸具道王言且保其國無他避掠徙耳上亦悟曰人歲入幣事之又加兵罪之誠何以待不臣而敵已臣而叛者詔令軍止戍邊無入掠自是完東夷室家父子無慮萬億計自將伐宋從至閬中留爲安撫使施治兵間裹瘡創殘外供仗糧不擾而集今上即位中統建元自將北伐以故先朝故臣熟西京入漠南路俾至傳驛兼給餽餉至元四年授同僉吐蕃經畧使兵裁叛離仁華狠頑渠酋讋撓滋久安順六年授朝列大夫佩金

符責貢安南時巳徵天下兵數十萬圍襄陽實爲蹶宋起本勳臣故相上與咨軍國謀不可一日離側者皆出行省董師公至其國王立受詔公詰曰王行非止違命於禮於利害且不熟知撥此邦人民土地不當天朝一總管治皇帝不欲郡縣王地版籍王民聽其稱藩遣使諭旨德至渥也且王以與宋輯睦緩急爲援今百萬之師長圍襄陽鳥飛路絕朝夕將拔席卷渡江覆其國都易如振槁王猶倔岸海徼恃爲唇齒自矜尊高事且上聞天威小震無煩遠召中國雲

南十萬之師再月可至視丘墟王廟草棘王庭者將不難爲其審策之王屈降拜益慚憤將以兵恐公使力士白刃環衛公廼示怠弛袒寢一室盡擲所懸箭弓刃槊付衛士聽汝何爲天暑渴甚毋取江水以進皆溫惡不可飲食及索井汲不許曰吾俗不相悅者多投毒井中殺人公曰自我所求毒死不恨終汲飲食自是安南君臣多度公者八年會公以安南貢至襄陽猶未拔即授行省郎中承事勳貴巉絕不阿惟見之營衙足蹟不及其門商較事宜言宏色厲或有

以凌鶩見短者故右丞相史忠武公天澤解之曰是其爲心忠正侃侃人也久親其人必實吾言十年襄陽下改省爲行樞密院以勞遷中順大夫遥知歸德府行院經歷大軍南歸渡江復行省公復郎中俄降虎符襄陽路總管兼府尹毀城樓以完廟學散契軍以惜月廩剗弊施宜當其後先明年改監郢復二州位安撫使上捐魚荻之賦使人厭腥食家給蒸薪月發倉以贍餓乏視便輒行事已劾聞十四年陞嘉議大夫監平江路位總管上郢復民聞去遮馬號送萬

數其治平江考績亦最他路十五年改同知浙東道宣慰使未行改大司農卿丁内艱時軍興法聞喪不得輒行乞犇赴不報公願還所受制書爲民行省知不可奪歸之旋艫枵然金玉美女色色無有惟文書衣被而已今中書省右丞相伯顔夙嘗疑爲凌鶩者後顧爲深知公嘗語人曰諸將渡江無不荒貪獨子與國寶清愼自持聞者以爲知言公家居四年又終外艱十九年以才起復仍故官嘉議大夫南京路總管兼開封府尹至治之初見星而出見星而歸凡前

政積事留獄旬月剖擿皆出尤善發姦伏有控鶴十餘輩比公至僦大第聚居二年黃金橫帶出入飲食街陌縱橫人謂其眞也公曰控鶴役在京師久此不行必劇賊也密諭有司以意期三日盡致其黨索贓以來得金帛寶玉服玩典質券契盈室鞫之皆欵服物則椎埋所獲妻妾僕使皆掠民子女或娼姬明日告曉市中皆杖死民駭其神捷闔境乏食已聞未報輒止稅勿輸明年河北大旱民流徙就饒及可朔數萬人郡縣畏損戶罪謾以逃聞省部遣使分道邀之

許發倉人給三月食還所籍民聚謀曰吾得食三月負難歸重難勝鬻將何噉且各賣質田廬而南至家何爲愁歎無聊若出一喙公謂其使曰斯民非賊河南非別界皆聖上民社也非不知奉命不輒濟可以無罪誠不忍老稚頓踣吾治甘受禍以活此民則下令諸津急濟果有以專行上告者事下御史大夫即治廉之境民皆曰吾侯賢牧其爲開封明斷不阿可當今代包拯大夫察其無他薄責而歸奏請不下秋雨潦河決原武氾杞灌太康自京北東滸爲巨浸廣

員千里冒垣敗屋人畜流死公括商人漁子船百千艘又編木爲筏具糗糒載吏離散四出往取避水升丘巢樹者所全活以口計無慮百千水又齧京城入善利門波流市中晝夜董役土薪木石盡力以與水鬬不少殺乃崩城堰之城害既弭復大發數縣民增外隄防分直爲三直役一月逃罰作倍起陽武黑石東盡城留張怒河綿亘百三十里如期三月隄防悉完以至元甲申七月二十日卒官舍年五十六河南之民識與不識如喪其親戚家纔餘俸半月將歸葬

貧不能西開封市民雄財者戶賻之又遣子弟數百人持錢分程具奠越別治洛陽五百里凡千里及潼關以其年九月葬安西府咸寧縣洪同鄉少陵原祔運公塋之左夫人何氏溫淑靜端男子三人岳提舉郢復魚湖崇西蜀行省宣使嵩未仕女子三人一適太平州錄事韓和一適紀德信一適鞏思齊後三年其季太中大夫諸蠻夷部宣慰使庭瑞以燧素知公求銘其墓辭曰年五十六固不云夭較齊耋耆孰謂壽考究其致之豈無以然國苟有利棄身若捐東北

雞林挐舟以使西南雕題登馬已至視數萬里爲步
仞餘招麾兩王喉臺指輿吐蕃獷狹化不犯令由積
苦勞至不延命壽也無稱世不爲藏死有可述短不
害長襄陽軍謀郢復民效已實已著猶其小小開封
蠲租舟民于河電擊霆馳懸躬禍羅下燭其忠由明
后羣老幹經推霜風踰勁大浸稽天降舞龍蛇流死
所餘丘木是家乃集舟航乃筏以繼乃求以濟取置
平地穴俾攡防萬杵登登役不踰時隱其阜陵民流
他疆我飫其食我疆沴傷皆手援溺顒顒公哉人之

騶虞彼饞婪婪横目虎貙雖古循吏列傳史冊載筆
今功孰作爲匹少陵之原有坊其丘銘石道周以諗
諸幽

唐州知州楊公墓誌銘　姚燧

自盜殺阿合馬後桑葛使總制院結知世祖氣焰烜
烜爍人倖進者入賄其家或藉其一言以爲事從中
下必中書官之者月無虛旬每爲中奉大夫參知政
事居寬所裁甚不得已如請乃簿所躐級干政者俟
有問他日則引以爲稽其人不利也一旦爲尚書右

丞相誣而殺之惟其子集賢直學士奉直大夫昂不孥自餘妻及子景奴婢凡資業皆籍入縣官桑葛敗誅故奉大夫夫知唐州君居簡始敢上疏列明其兄自部曹史主事省掾都左右司檢王中舍郎中知府憲副侍郎宣同典外郡尚書吏曹參議中書御史中丞參行省中省政與國宣勞爲時才臣章章在人口耳今賊國臣不逭誅夷宜爲死者雪其非辜庶彰聖代日月高懸之明參知政事梁德珪以聞勑有司償所籍入而昂壽卒無子又哀景雖二子一女而疾廢

于莘而女年及笄自燕携大參商公左山孫企伊入壻其家自莘而唐纔一閱月而景卒意者景計未至與至而未之知到官四十日當元貞乙未十月三十日而君亦卒年止五十七嗚呼何天之不福中奉之家耶身戮一室瓦裂二子繼死一不後一有而弱君訟還所籍又爲求壻令恤廢姪之家處事變之極廹薄俗之囿少不失天理民彝之正爲弟爲從父從祖曰悌與慈雖古人復作有一尚之乎而天之報施者反如是也葢君自筮仕試吏從萬夫長嚴忠濟從巳

未渡江後使交鈔庫曹州改南京轉運司知事以善其職從其司請陞經歷俄授從仕郎大名路總管府經歷尹范縣同提舉信州宣課遷承務郎浙西宣慰司經歷換承直郎上都留守司經歷遭事難爲身出任之官長有不相能必委曲調順加媒氏之合二姓始異而終同之凡此皆佐人出理者而非其所自爲也惟范縣爲近民又壓於郡守有不伸及今爲唐若可以有爲而遽以此哀哉君字子敬姓楊氏漢弘農大尉震苗裔五世祖絢爲宋儀曹易州死於金兵生

邦基秘書監爲金名士書畫兩絕人曰可與李公麟者埒以通奉大夫永定軍節度使致事生郊社署令皜自儀曹而下皆家燕皜生監歸德酒庭直避金亂居莘生澧君之考也君交人誠和視親識如故知傾貲歡樂之夫人梁氏二子二女翰林國史院檢閱官昇一未名女長適同縣士族王文讓季在室皇上即位之年冬十一月詔脩世祖三十五年實錄院置檢閱官其究覈故事職也而其末九年燧與侍讀高凝共總裁之昇也實當筆至元二十七年之一年顧與

脩撰而下年分其事已可見其文賢無忝面命矣凸同官相驩故介其考唐州君先塋會從史院諸賢還進史上都及與之别未數月訃至期昇會葬莘經杖言曰昇惡逆不得見先人屬纊已抱終天之恨不得公銘亦不可服食息人世矣敢泣血請乃銘之曰觀人之繄惟在其大大使可書其細已蓋嗚呼唐州其大何如流風不移天理篤居惟天於人若薄而厚雖所薄今將昌爾後人之識狹其中安知厚竟之求視銘異時

瀏陽縣尉閻君墓誌銘

姚燧

閻宏少燧十七年識之七年矣走未嘗遇以凡士宏亦願游吾門稟所述焉始記銘其祖醫隱君墓于時尉瀏陽考府君不恙也今焉六年又求銘其墓嗚呼何兩君皆不及知而幸禄潛德其幽宋豈有見走文可以信後世然與走不讓爲者則以答其爲好私今故也君諱鼎吉字和卿醫隱長子其卿其世其遷徙與醫隱所以教者皆見先誌以至元二十一年尉瀏陽二十六年受代三十年秋七月十七日卒年六十

八僑墓長沙氏配姚氏再配白氏二子宏掾省江西與蕃也四女一適郡人徙單金一適南陽高舉二在室孫男女三人宏將以明年五月庚寅歸葬其鄉先塋其自狀曰君幼躭誦記敏爲文辭異其時它門兒者皆其小德削不致詳而日勤於筆錄如易正義論語注漢紀傳舊唐傳治鑑節文選杜詩註十餘書亡慮數百萬言具藏吾家手澤尚新可以汗車牛未聞人有辨爲者與學仕事人則從張公邦彥宣撫天平爲四川行樞密院柴楨照磨用禮卿王博文薦出官

瀏陽非賢不即與居母中憂廬墓毀悴杖而後起皆出處不苟倫理至篤者又曰君胸中廓廓無城府商古今人物成敗賢不肖必當其實諫友過不計嫌怨盡我責善樽俎之容粹如不流爲詩千餘篇號訥齊以宏信愛必不誣親燧取筆之曰君喟然吾少厲志嗜學官止一尉殆天戲人者則不可也亦愚尉爲君行道資乎蓋尉有難爲有利爲江南大縣户動十萬一尉兵額止於數十而押綱衛使恒抽其半又其身有疾疢喪婚之請其直司日不盈三二十輩盜逐不

得必尉焉罪小則輟祿大而奪官是不白其力少不足以制姦而惟責其專印不職也是其所難凡尉一世同者而君有獨焉在令尉恒居縣禦寇無敢他遣而湖省犯法臣特遣數千里送所市紗羅京師賦出非其户也入納非其手也市者顧不必送而顧必令不遣者送之有司又大其尺度重其鈞權從而責其輕短不使得歸取償有司必舉息立輸府又遣脩杭海戰艦欽廉人難其一君難其三此其所由重困也其利爲者必求爲盜罪不抵死嘗墨其肌月呈身有

司者署使伺盜曰蚍之所塗蛇能知之吾使過耳口不言所旨使自諭之彼方困拘罪籍一朝得交平民出入惟求圖報雖身爲盜將不避爲況囊槖他盜顚指富貴惟所便取坐受其有盜得其粗我得其細擇世所共寶不可形迹敗者歸之尉有司覈盜不得依月日則杖尉兵一杖加一等三杖而止耳伺盜特尉權一時宜容置無迹何及焉尉所輟祿幾何而伺盜資之什伯不貲也盜爲伺盜忠臣伺盜爲尉忠臣又其巧者與隣尉交驩私要言曰吾得盜必使誣汝縣

窩室曰嘗巢窟焉曰屢資給焉幸羅之獄足吾欲縱之民惟知德吾耳汝得盜亦如是取償吾縣易地爲之胥相益也其月縱兵歸詭代家人責入傭直與名以兵備歛者又所得爲也凡是數事令之尉者十出其半嗚呼尉乎禦盜歟師盜歟凡夫人觸法肆行徼倖未露悖人大語則君掩耳此倫拘拘恪恪自靖其道不少萌憂不足休休吾心賢何如也是爲銘

薊州甲局提舉劉府君墓誌銘　姚燧

京山安陸屬縣也其尹承事郎兼勸農事劉德源以

邑士安其爲先來言曰先生世名篤古善文者聞今賢公卿之胄或不遠數千里及門求表著其先烈者相踵也德源之治去先生之居四舍耳心竊覬之我先人之位固不大昭於時如得先生銘則沒而名庶延也因叙曰吾劉氏居龍興黑土坂者不知始何祖其諱與次又不可考質先人始以函工賜田通州後以鍛製精堅他工遷彰德院長尋官進義副尉徙平陽雜造局副使再官進義校尉爲使又官敦武校尉薊州局使猶領於提舉司以勞深而資久也制以前

官超爲提舉俄病廢兄德淵嗣爲降同提舉德源同知許州實侍而南以至元三十一年九月一日卒官舍年六十八顧言必葬通之樂村以其年十二月廿五日窆焉又曰嗚呼位有貴賤故功有顯微我先人始以函工一朝而賜服五品其功則止善於其職何顯之能爲人子惟其考嘗愆於時者始不敢求以昭明否者其欲遠其聞者亦豈異賢公卿胄之心也惟哀而允之燧曰凡今爲制天下歲程惟甲不領於工曹逕入太府縣官親考其若良而黜陟之衛士必賜

而藏之家弊則持故賜求易使畀之新他臣有私藏者罪死况私爲者乃先人雖班雜職而縣官視以爲要焉自常工而跂之亦曰遇矣君諱智昪弟四人其次居二娶楊氏前卒一年同穴樂村二男則同提舉與京山也女適太常寺管勾李其銘曰五兵皆賊人戰而恃以不殤惟函爲扞焉爾如君二十始傳以及疾廢爲之二十年始曰千被被全一人亦千人矣其功亦豈曰微孟子曰函人惟恐傷人由術推心君亦仁哉此其藏

廣州懷集令劉君墓誌銘　　姚燧

大德戊戌燧游長沙太原寓士劉致手所爲文若將取正焉者走何以荷之讀之盡卷賞其爲辭清拔宏豔爲之不已可進乎古人之域既又自狀其先人懷集令之出處丐銘幽墟慼其心將昭明所生爲叙之曰君諱彦文字子章年廿有八筮仕當中統三年而知堂印乃出管勾北京行省承發省廢而歸授徒其家將十五年謂爲無意於世之事會者耶當秦邸肇開與故丞相阿里公之行省長沙也無不往干之會

同知堂印者許楫爲憲長沙言之丞相丞相自省郎中故居若曉君來便宜版爲郴之錄事羣盜竊發無時芟夷未靖也君不忍夷其俗而苟簡於治爲之四年又三年始官進義校尉廣之懷集令羣盜資張虔人民燔城郭以冒天誅者死無所忌官軍少不足爲恃授鄉民兵雜而殲之格鬬屢衂徙民保東山前募民闢田入租私廩者爲米八百石一盡於餉增戍之兵與遭冦之家嶇崎艱梗炎瘴者四年以至元廿六年四月三十日而竟卒是何官之不達耶今甲官無

要知堂印者去丞相尋丈儼立案前護守終日不食須去晨而出暮而歸日必再至丞相家丞相出畋入奏無不與偕裕廟爲燕王日當朝廣寒殿君立庭下問盈中何有君則曰堂印也索而發封玩之其親接如何其榮如何遇也如何皆他人取將相之資也一且管勾北京行省去丞相千里錄事于彬西南北京又數千里終乃令懷集於南海之濱其不寖近而逾遠者世恐無君匹也豈讀書一過千百言不忘力兼人射命中皆文武器略足以表見一時者有是賢人

已不凌人人則忮之耶且求以劓物置干將鉛刀其前嘗稚猶知後鈍而用銛及論取士則以方者爲徒足持已而圜者始周乎物故率棄明炳勁特者爲不易馴使而顧錄舍荏弱而不自持者爲善適俗而賢之君豈坐視也耶其邵子所謂陽在陰中陽逆行時之爲也故平生之道刑家則多其功於政者僅此譬水在山東於溪壑崖谷之險不得犇放平衍爲瀦爲川其溉潤不博者亦勢然哉君石州寧鄉人權殯長沙佛宇文有玉亭小稾祖開參元帥府軍謀考汝欽

姚馮氏郡君李氏三子致某某二女歸薛氏李氏銘曰士久其窮觀守之篤吏極其遠試治之最且中其年而卑其祿皆彼蒼者陰厚其蓄抑不信之以昌爾續

故民鍾五六君墓誌銘　姚燧

繫鍾徙吉頡川自廹於靖康繹騷避吉而來岳世方四由元而富仕明至實生文興叔進字郎行五六以族次凡是四世皆不位吁哉五六遁迹市乃如天啓所狀事居家孝謹文縝緻嚴訓厥子俾知義自奉姝

賢志勤勩基約以極豐其積此邦師之陶猗覗居鄉侃侃和以易不私其有善分施歲荒民飢閔瘠瘁發我廩庾飫老稚崩梁壞塗捷石治至今行者賴其利己丑之閏月庚出年六十八世乃棄葬之三陽先壚比黃室之子南秀嗣南英南金又其季一女結禱木決議男孫滿十女半是一庭變兮貫魚似椒聊蕃升必天意豈憐之家久踣躓一朝起行當遐致况如南秀士服被下及二季皆學仕始卑終高若登陛或者而宗由昌熾匍匐哀求銘玄誌伊誰成厥孝子志荷

有善奚必門地漢民仲山凡豈異奮筆發隱太史燧

彭澤縣尹姚君墓誌銘　　　吴　澂

延祐五年秋予赴集賢八月次眞州病未克進陜人姚紱數數詣予所館一日言曰紱之先河中人金代嘗仕虢州因家于陜吾父諱思恭字敬父至元間仕廣東宣慰司有海商被强盜誣執其仇司官之貳右商逮捕辜聯三十人繫廣州獄事至司貳酷法以鞫死者三之一存者誣服吾父知其寃會歲終吏牘互易所掌此獄隷吾父即以寃狀白官不答時廣東得

専殺二命出囚于庭將施刑吾父謂囚曰汝今就死囚畏慴不敢翻異貳令吾父署牘父曰贓仗未完人命不可輕職可罷牘不可署貳大怒趣署逾急吾父度不可已抱其牘逾墻走匿僧舍越五日梆州獲正賊贓仗悉具械送以上貳慚恚噤嘿吾父引宼囚十九人釋之囚哭拜曰非姚掾我輩死久矣自後獄有疑必畀吾父覆問平反者甚衆廣東考滿簿宣之南陵丞劉莊鹽場尹峽之長陽提領釆石鹽引所治民理財俱有政績歸葬吾祖于陜受江州彭澤尹未任

昨歲六月以疾終于眞州寓舍年六十六歷官將仕從仕至承務止痛惟吾父孝友慈祥劬書諳律仕未顯達賫志以殁紱將以明年秋奉柩祔塟鼎湖祖塋先生賜一言死不可朽而不肖孤送親之終庶其有倖乎予謂若父葢良吏也廣東一事眞有洗寃活死之功是可書已承務君之考諱其監陝州酒稅妣其氏妻楊氏彭氏先卒後娶蕭氏子紱紳女適眞定李純皆彭出也銘曰位不信志意其有嗣報未稱施意其有進

熊君佐墓誌銘

吳澂

富州之甲氏熊爲盛而不一族横岡之族其先知制誥龍圖公之後繇鄱徙至諱之翰者早世其配周氏以姨之子爲子寔丞相京文穆公之從孫諱禮娶從事郎王尉之女生四子仲諱大涇娶韶州周守之姑生子二君佐諱師賢其長也幼敏悟長治進士藝馳俊譽叔父貢士暨鄉先輩皆期一早達僅一試貢闈而科舉廢讀書娛親于山中至元壬午先廬燬隱城市十年父既没養母逾盡歡大德辛丑築室還故鄉

扁其堂曰寓樂與老梅疎竹叢桂幽蘭細蒲怪石俱便坐掃地焚香琴書圖畫羅列後先尤嗜古器玩賞學琴後不復操曰但識琴中趣耳惟工詩不輟一時吟人咸相推許弟師周同居同財三十年無間言暇日弟若子相賡酬自爲師友乙巳罹母喪哀慕幾欲無生其明年冬感疾丁未夏四月竟不起年五十有三秋七月壬辰塴窆于卦塘栖龍山之陽初娶監吉州糧料院李登孫女再娶戸部侍郎鄧詠孫女男希勉女適胡宜審孫寄生于移疾寓富州先塋期師周

以前太學進士徐樾初狀因予妹壻周筠來請銘筠謂君佐敦厚篤實好賓客而不妄交希勉篤實如其父徐之狀亦云辭翰清粹端健爲詩冲澹蕭散不求工而自理致予雖不識君佐其槩可覩已嗚呼向之科舉誠不足得士然拘以定法乖逢一制於命非可以苟求得不得者安焉自科舉法廢而仕進之途泛人人懷希覬速化之心離親戚棄墳墓跋涉攀援百計千人經歲年弊衣履犯風雨寒暑或至破家隕軀而不悔愚亦甚哉君佐之才豈不可翔鶩以其清致

出而與今之君子游必有合也而安分知止澹然無營於世以終其身可不謂賢乎往年予被命徵爲國史官弗果赴今幸補外閑散無編纂之勤毎欲述野史以自嬉凡山林恬退有足稱者具逸士傳若君佐其可銘曰所豐者賢所嗇者年猗嗟乎天

袁君夫人史氏墓誌銘　元明善

夫人史氏四明人曾大父浩相宋孝宗太師保寧軍節度使魏國公致仕追封越王謚忠定曾祖妣貝氏齊魏國夫人從大父彌遠相寧宗理宗太師中書令

大父彌堅端明殿學士屬兄中書令當國家居十七年以資政殿學士光祿大夫奉化郡開國公致仕贈太傅謚忠宣祖妣趙氏新安郡主封衛國夫人崇獻靖王伯圭之女父諱賓之朝請大夫直敷文閣荆湖北路轉運副使贈通奉大夫妣王氏宋相淮之女孫葉氏俱贈碩人處州姓袁氏同郡人曾大父昇贈太師衛國公大父韶同知樞密院事資政殿大學士銀青光祿大夫奉化郡公贈太師越國公父諱似道朝列大夫知嚴州軍州事初敷文每言吾大父外大父

皆眞太師婚嫁必當吾門敷文病嚴州日往候之敷文曰願以幼女屬公子某嚴州起謝吉日納幣旣七日敷文卒夫人時年六歲未幾嚴州亦卒越十有一年歲辛酉夫人嬪于袁夫人諱棣卿字景華幼簡靜有威儀父卒時坐牀下哭不輟聲彊之食不食未朞不少離殯次服除常一至庶母室至嫁復一至別之外庭人不識其面伯父賓州家法嚴正有事于廟夫人禮相祀事低首傴立至徹不少動旣歸處州敬焉處州少好騎射夫人正色諫止交游有至廳事者夫

人嫗屏間窺或非清謹士即掩衾就睡明日徐曰先丞相家恐無此客處州亦爲之謝絕中表俱貴家務相屬以侈大人獨崇節儉動尊禮則歲丙寅某月某日以疾卒于臨安官舍壽二十有一是歲冬十一月葬于鄞縣通遠鄉建奥之原以宋宗祀明堂恩追封安人後三十有三年處州卒別葬于桃源鄉慈溪奥之原相望十里外處州諱洪字某清粹雅博爲士林之表仕宋至朝奉郎通判建康府事歸聖朝同知邵武温州處州三路總管府事階朝列大夫俱不任夫

人一男三女男桷翰林待制文林郎兼國史院編脩官女長適宋相史莊肅公嵩之之孫似伯前將仕郎次適宋工部尚書余天任之孫昌期前迪仕郎次適宋資政殿大學士史巖之之孫益伯前承務郎孫男三璋早世瓘珖女四長適同知餘姚州事趙孟貫餘許嫁未行初夫人卒少母張氏來撫袁氏兒及見袁氏兒女嫁娶終于袁氏處州塋之于夫人堂外翰林博學能文辭而學甚正辭甚古故家流風淸脩可尚明善友焉一日手書其世家以請曰桷生七日先夫

人没先夫人没由㮇之生生而不識母之音容何痛似之願得君文表墓使先夫人之世之德不泯永遠或可以葢槅不天之罪再拜明善答拜起讀其所書曰夫人出大門歸大門處州爲夫翰林爲子可謂無憾雖不永年得於天者止乎是又何歸咎其銘曰相彼里仁有樂維鄞誰其高閎奕世相臣相臣女孫來嫁于袁猗有袁氏輔宋天子左閑右閣聯芳對峙維處州君士林孤秀靜女其來君子是遘被服閒閒其儀肅肅廟祀斯嚴膺兹百福治爾宮事莫不柔嘉內

則無違載宗有家嗟哉物理若忌成缺何靳大年廿一而止昔祿中兒世業在傳克開厥後有壽而先壽匹自人天奚咎天生也無憾没不隱賢身壽不百名壽踰千我銘勒堅畢世昭宣

翰林承旨王公墓誌銘　袁桷

翰林學士承旨贈太司徒魯國王文肅公至大三年年六十有六薨京師假塟于城東隅至治元年其孤翰林待制士熙始克奉柩以十一月庚寅塟東平祖塋乘丘山之原士熙拜且泣曰知吾先君莫若子幸

誌其歷官行事納諸幽堂桷不敢辭爲之辭曰公諱構字肯堂弱冠以詞賦入鄉校賈文正公一見器偉之俾教授其子遂來京師至元十三年授翰林國史院編修官敘遷應奉修撰陞侍講進翰林學士訖承旨佐丞相府爲司直歷吏禮二部郎中太常爲少卿於臺外江北淮東道提刑按察副內治書侍御史入省參議中書省事復出濟南公之在翰林也辭命詔令多出撰述其最傳於世者世祖皇帝謚冊追謚太祖冊武宗皇后冊於實錄預修世祖成宗兩皇帝定

武宗上尊號親享太廟儀在太常考輯因革有叙其佐丞相府剗刮蠹弊更始選士丞相齊魯國公信從之爲始書時值桑葛擅中書政柄嫉方直士檄公偕翰林承旨魯國文貞卜忽木公覈究燕南錢穀約月治辦公先事計畫不以累魯公會桑葛誅乃得免害治吏禮二部無鈌緩同列見公署字不復視成牘以行參議六年一晧執政聽南七陳利便搜括田賦時平章政事何公塋祖與公正色不少讓推萌折貪卒得其謀以綏始天兵平宋詔徵賢能李學士同受旨

公至杭首言宋三館圖籍太常天章禮器輿仗儀物當悉輦歸于朝董趙公文炳從其言今宋實錄正史藏史院繇公以完守濟南寬平民官逋修閔子祠復學田觴詠自娛而訟益簡承旨李公謙公幼師事之遷應奉卒推以先勤敏通博洽時鉅公皆屈己期奬後卒與相茲史館辟署亡慮數十人今踵躡清要皆門下士其爲文閑閣詠諷落筆纚屬不止於王言爲尤長臺閣故事資公始能奉行公之系繇琅琊居東平始八世祖沔爲宋司農卿守鄆因家焉曾祖瑀登

金進士第奉訓大夫滄州無棣令姚范氏祖鐸以公官承旨贈正奉大夫太常太卿姚杜氏臨沂郡夫人父公淵贈昭文館大學士資德大夫姚薛氏琅邪郡夫人昭文當亡金時有兄三人携妻孥南徙昭文私自念王氏大墓盡族以行孰以守下車伏草莽兄呼其名第不復得後騎追大慟以去昭文迄全其墓厚德勃興於公見之矣娶薛氏魯國夫人是生士熙再娶許氏皆先卒姚氏高氏晚歲得二子士點士然女一嫁薛晉士熙能文辭有聲推薦賢之功王氏殆未

芟也銘曰德統智周世莫與儔士林之標奬士無方髦譽珪璋龓阨其遭文鳴盛世金石雜比厥聲四昭子也允文戰兢紹聞嗚呼公之名益高

元文類卷之五十三

趙郡蘇天爵伯脩父編輯

元

太原王守誠君實父挍訂

墓誌

上都留守賀公墓誌銘　　虞集

世祖皇帝建上都於灤水之陽控引西北東際遼海南面而臨制天下形勢尤重於大都大駕歲巡幸中外百官咸從而宗王藩戚之期會朝集冠蓋相望供億之計壹統之留守故爲職最要焉自非器鉅而慮

周望孚而幹固明習國家典要深爲上所信嚮者殆不足以勝其任也自世祖時以屬諸賀氏至於今三世矣方奉元忠貞王爲政時一府之中非無國人貴姓與之共位又有材僚左布在行列求其臨事決議之際必得其一言而後定則它人固不能矣是以終至元之世數十年間有贈秩賜金而終不可遷居它官焉公忠貞之子也諱勝字貞卿以小字伯顏行幼從魏國許文正公學通經傳大義年十六以大臣子備宿衛世祖甚器重之入則侍帷幄出則參乘輿無

晝夜寒暑未嘗暫去左右故事論奏兵政機密非國族大臣無得與聞者時獨不避公或更命留聽近侍或言論語八佾之五章若訕今日者盡去諸上以問公公曰夫子爲當時言距今二千餘載豈相及哉且國家受天命爲天子有天下固當下比古之遜遠小君而自居乎上然之廿四年乃顏叛率其兵入寇上親將討之將戰之夕唯近臣只兒哈良帶劍立寢門外雖親王貴人不得輒至而公入直帳中受密旨出入指授諸將及戰公擐甲前導牙纛旣成列還侍上

側王師奮擊遂克乃顏明日上顧謂近侍曰昨者之戰飛矢及於朕前毅然無懾容者唯伯顏爲然都人見上之親征也頗恟懼上欲慰安之故亟還夜行臥輿中苦足寒公解衣以身溫上足乃安寢及旦蹕駐始寤它日上自校獵還宮伶人道迎有被色繒綴雜旄象師子以爲戲者載輿象見之驚逸執輿者莫能制公時侍上在輿中即自投下奮當其衝突後至者始得追及斷靷脫象乘輿乃安而公創已甚上親撫之命尚醫尚食護視蓋三月而後安是時天下初定

四方以遽聞者上欲亟賜報公方少壯能日馳千里又上所親信有使事輒見遣受命無留行復命無後期所歷畫動合旨意或朝至而夕復出亦不少憚也故六詔西域交廣之屬無不至焉槩計其所歷無慮數十萬里上春秋已高海内已定每嚴畏天象以白警司天有奏得非時以聞因拜公集賢學士服一品服以領之桑葛之爲相也怒忠貞之尹京常不下已危中之上前旬月之間數十奏不止賴上察公父子深故免廷臣共知其姦無敢爲上先言之者公當啓

其端而言者繼之始服罪上之改尚書省爲中書也方卜相顧謂公曰汝以爲孰當吾心者公再拜曰命相國之大政非小臣所敢知然求之輿望以爲太子詹事完澤綫眞子也端重忠實可屬大事上曰然吾并得所以佐之者矣遂相完澤而以公爲參知中書政事時年二十八耳參決朝議明允通練一時驚異焉久之又拜僉書樞密院事又拜大都護典外國之來屬者成宗皇帝即位之十年忠貞告老尋歿于家而公拜榮祿大夫上都留守兼本路都總管開平府

尹虎賁親軍都指揮使服忠貞所佩虎符至大定年
拜光禄大夫左丞相行都留守兼本路都總管府達
魯花赤延祐二年拜開府儀同三司上柱國三進而
彌尊遂兼台司之貴而留鑰之寄如一蓋世官矣上
都地寒不敏於樹藝無土著之民自穀粟布帛以至
纖靡奇異之物皆自遠至宫府需用萬端而吏得以
取具無闕者則商賈之資也吏多並緣爲姦一旦稱
遽發所居以集事而直不時得人用病焉公常閲文
書按而予之無或失其業故來藏市者沛然日增稱

京師之盛公坐府治事謹辰酉吏舍肅然具牘無敢玩出内無敢欺貴人大家或以上命得給賜若營繕市易多遣私人逼脅府史凌辱僚吏榜係其民人豪横過取無可誰何公必畫奏抑治之而善柔者亦必使得所當而去吏有持上供物入宫門迫暮不得出所司捕得奏誅之公曰此有故非闌入也力爭之吏得不死奉聖州民高氏隸籍虎賁衛以多貲名身死而子幼貴官有利其家財者使部曲强娶其婦公爲辨之上前不聽娶高氏乃得全其家公以民之饑也

嘗便宜發廩不待得請以民之不知教也始大爲學舍禮儒師以風化之是以吏民不識貴彊之凌暴承其教戒仰之若神明焉相率爲祠於西門之外設公象而祝之關陜之亂公方朝正月於大都上日上京根本之地其速還鎮卽日告行都人見公至如孤弱得慈母時安王將兵北行所過多侵掠公謂之曰君父倚王以保民禁暴今未出國門而行次失律天了或以爲問奈何王悟謝之整兵以行民用安堵時方隆寒士馬凍乏縣官芻糗衣著不時具公以私藏足

之行者以爲感仁宗皇帝乃命工畫公象勑學士爲賛識以天子之璽而賜之俾傳示子孫於是公有足疾辭不任劇願賜骸國歸上曰祖宗以上京屬卿父子民安化行朝無顧慮久矣徒臥護可也乃賜小車俾乘以出入得至禁廷焉當是時太師鐵木迭兒爲丞相子弟縱虐於民公壹繩之以法官峙宿備而丞相家奴檀罔市利責高直於官公毎裁抑之又惡其帷薄之不脩也而貪嫉日盛絕不與往來都人張弼子殺人獄具丞相受其金錢無算爲折辱留守脅使

易辭出之公持不可而中書平章致事蕭拜住御史中丞楊朵兒只等顯奏之天子震怒罪且不測賴太后仁恕以爲言幸得罷去相位而諸公之怨不可解矣英宗皇帝之卽位也鐵木迭兒復爲丞相乘間肆毒睚眦之私無不報者蕭楊二公旣已被害卽誣公乘賜車出迎詔書爲非禮而執之激怒主上遂見殺公死之日京師之人巷哭相聞而士大夫憤怒相視以目自是廷中不附已者固已盡中傷之而恩深不報者亦見及而無遺矣久之天子察其故斥不得居

位遂死於家敕仆所樹頌功碑而言者始昌言蕭楊及公之寃未及有所昭雪而上崩今上皇帝入繼大統發明詔以慰撫天下顧來暇他及而首以公等之枉爲言葢知天人積憤之故本由巨姦殘忍以啓之也於是姦忠逆順之辨大明死者固已少自釋於地下而天下之公議亦少振焉明年乃贈公推忠宣力保德功臣太傅開府儀同三司上柱國追封秦國公謚惠愍賛書哀惻聞者感動命下日都人走詣其殯不約而至者幾萬人而其子惟一即拜正議大夫同

知上都留守司事泰定四年秋集執經講帷從在上
都而惟一適遷陝西廉訪副使乃來告曰家世荷國
厚恩受京邑之託父子一心所以圖報稱於萬一者
天實臨之列聖實鑒之我先人遭罹姦兇遺履危禍
此惟一泣血終身而不忍言者也皇上聖明灼見隱
伏不遺故舊褒卹之典極於哀榮又不以惟一不肖
俾嗣世職感恩戴誼是以未敢申其情事期滿歲而
請行今易節以西實過鄉里是天所以賜惟一也將
以某年月日奉以歸葬焉惟先人終始定於國是非

一家之私言也託諸幽宫以期不朽者非太史氏其何徵乎敢以爲請此又惟一恐死以待者也集受其言而悲之乃考諸見聞與其客吕彌所爲狀得祖宗付囑賀氏以上都之事與賀氏父子之爲治者乃并朝廷哀忠臣懲往失之意而具書之按賀氏家隰州之永和今爲京兆鄠縣人曾祖種德封通奉大夫護軍雍郡公妣郝氏贈雍國夫人祖賁京兆路總管諸軍奥魯贈輸忠立義功臣銀青榮禄大夫大司徒封雍國公謚貞憲妣鄭氏贈雍國夫人考仁傑光禄大

夫上都留守虎賁親軍都指揮使平章政事商議陜西等處行中書省事贈推誠宣力翊運功臣太師開府儀同三司上柱國追封奉元王謚忠貞妣劉氏鄭氏皆封雍國夫人改奉元王夫人娶張氏早卒又娶桯古真氏亦先公卒皆封雍國夫人改封秦國夫人子男二惟一惟賢爲尚衣奉御女二長適平章政事阿不海牙次適搠立忽攀公墓在鄠縣某里從先塋也銘曰巍巍神京世祖所營殿于漠南治朝廣廷有城有闕民之攸止大纛周廬亦有舍次始命董兹國

有幹楨舉綱挈維紀目亦程維昔周郊陳實繼旦慎始和中巽體同貫我則不然世官尚賢保綏成功動循故先公始侍中年壯氣銳出入踐歷百試無替乃贊國鈞乃佐本兵乃斂長籌以督畿坰時巡至止百用具給清宮言還留鑰是執歲率其常年與位遷膂力則非精思弗懲時入禁闥衆起咸拜名王細侯亦仰而慨曰此老成世皇之臣祖事孫承剏其都人公出視政獄市無擾商曰予獲民曰予保公田于野徒御不嚚有警無遨具咨公勞公惟小心不懈彌謹義

之有激事在無隱竊位爲權彼兇滔天我則老臣忍從危顛二三君子犄角以制不竟于斷揩此大厲嗚呼昊天不淑謂何假威神明徧爲百訛國論素定公則不隕揚言孔昭天子之聖保終沒寧豈必謂身身枉義伸抑又何呻我哀公子知忠念孝還葬忍緩思報之道奉節過家天子命之承志正丘天道聽之嗟彼都人不歌以相曰此有祠公庶來享南山峨峨其鹿維林公從先王歸復自今貞珉刻辭作于太史千載之徵亡愧孫子

平章政事張公墓誌銘　虞集

我國家有文武忠孝世勳大臣曰蔡國公張公以泰定四年十二月甲寅薨于保定滿城縣岡頭里第遺命上蔡國公印丞相卽日以聞上爲震悼勑有司贈官政賻如禮公卿大夫相弔于朝中外聞者莫不嗟嘆異口一辭曰嗚呼正人亡矣其孤景武等以明年之二月辛酉葬公于定興縣之河内從獻武王之兆次也先事三日使其孫旭屬太史虞集書墓銘事嚴不敢辭謹按公諱珪字公瑞故累贈太師開府儀同

三司上柱國蔡國武穆公諱福寬之曾孫故累贈推
忠宣力開國翊運功臣太師開府儀同三司上柱國
汝南忠武王諱柔之孫故累贈推忠效節翊運保大
功臣太師開府儀同三司上柱國淮陽獻武王諱弘
範之子也至元十六年獻武王平宋海上歸奏成功
道出江淮公年十六行省臣察其英偉留公攝管軍
萬戶明年眞拜昭勇大將軍管軍萬戶佩其父虎符
治所統軍鎭建康未幾獻武薨京師世祖皇帝亟召
公還治喪既葬有勑入朝上親撫之因得面奏曰臣

幼軍事重聶禎者從臣父祖久歷行陣幸以副臣上嘆曰知求老成自副常兒不知出此厚賜而遣之偏及其從者元領軍半戍湖廣省命還其麾下十九年冬以使事入見上賞職其成立初凡內宴忠武以功賜坐諸侯上至是時勑公坐其故處還軍盜起蕪湖宣徽尤甚皆僭號署官掠郡縣燒府僉殺縣長吏江東新附民心易搖應者日衆至犯杭之昌化行省官以重兵討之未克報至之日公投衣而起率步卒向蕪湖蕪湖定乃使人言于行省宣徽雖非我所部盜

起我不得以彼此爲解以其兵行行省因以討賊屬公與他將會惟公部曲所過無擾宣部士數爲賊衂將奔潰公傳令止之乃定敗卒有殺民家豕而并傷其主者公曰此軍之所以敗也斬之明日戰三合三勝而賊益衆困我公曰日莫矣歛兵設伏賊不敢動明日復戰公曰宣卒敗而怯毋累我衆使持旗鼓爲聲勢自以所部爲二隊命之曰賊勇者在前前行擊之後立者脅從烏合耳遣親將帥二十五騎衝其後陳亂前行奮擊追奔數十里得賊酋斬之其馘三百

而自相蹂践以死殆盡乃遣人撫安餘民又有賊吳
道者以妖術起兵亦有名號恃其妖來往軍門且易
公年少欲因入謁剚刃以駭服其衆公得其情即執
斬之麾下其黨太譥而它酋猶將襲公公夜伏兵山
上令之曰賊至而起明日擊賊賊走山伏起蹴賊墮
崖死磔其酋宣州平賊之寇嶽者又敗兩萬戶軍公
曰賊輕我矣往必得之獲生口三十縱之使歸散語
其人曰張萬戶知汝栅居保族逃死耳官軍不諒汝
以賊擊汝與官軍格非汝志也來降吾能活之不然

吾擊汝立盡明日稍稍以牛酒來見皆印識其衣令兵識之勿敢犯漸以信服有持金帛來者弗受兵不動而安者十八九矣獨南磵西坑之寨尤險固又嘗衂官軍懼益自保不聽命公得野人計導勝兵百餘人鳥道緣登其巢背度巳至奮兵擊之賊出戰巢背軍下據其壁賊回顧巳失其穴不得還其孥由它道走或請邀之公不可賊以孥得出益懈公曰可矣縱兵擊之血流成川執其酋送之行省誅之南陵盗又起稱天王攻宣州州兵不能支公得檄帥輕騎數十

赴賊並林陣公不介而馳之賊靡賊見無後拒引衆圍公公揮矟出入殺數十人及賊平郡人德公至于今祠之蓋自是江東之人安於耕田鑿井以共賦稅而長子老孫矣軍中遂以無事得宋禮部侍郎鄧公光薦而師事之鄧公以相業授公曰熟之後必賴此用矣凡在軍十四年而復入朝實二十九年也是時行樞密院江南或曰天下事定矣可無煩行院也而張瑄者以浙省參知政事任海道運餉亦以爲言樞密副使暗伯問公公曰見上當自言之遂召對蓋張

方以軍餉得幸公恐其擅利海島因勢用衆將非其福故告上曰縱使行院可罷亦非瑄所宜言浙省控制甚重而行院得制其軍事非始計乎上曰其俞爲副使太師月呂魯那演言張珪年尚少姑試以僉書果可大用請俟它日上曰不然是家爲國家蹐金厯宋盡死力者三世矣漢人賜號拔都者惟眞定史天澤與其家耳史徒持文墨論議孰與其家功多而可靳此耶拜鎮國上將軍江淮等處行樞密院副使久勞之師新附之地賴以安焉成宗皇帝卽位罷大德

三年遣使循行天下詔公持節川陝民之疾苦便宜振之如罷官府之冗無益於民者贖探馬之貧而典鬻妻子者還鞏昌民之復僉爲軍者皆其事也比還拜江南諸道行御史臺侍御史換中奉大夫浙西宋之故都民物繁庶貢稅雜藝倍蓰他鎭貪吏豪右壯心其間朝廷病之以公爲肅政廉訪使下車未數月所部郡長史以下罷劾三十餘府史胥徒無慮數百其贓鉅萬萬強民有殺人恃其貲得不眞獄吏陰制官吏持鄉里短長訟否受成於其家公按之如法民

聞始知有條制焉得鹽運司姦吏事服達上下具有實跡將發之而竊位方面者內不自安欲因以危中公使其屬以女子金錢賂遺近臣用妄人言公有厭勝事且沮鹽法天子爲遣官數人往雜治之得行省大小吏及鹽官欺罔狀見罪罷而公召拜僉樞密院事入見同列言此張九扳都之子也故事侍宴別爲冠衣制飾如一國語謂之只孫公受賜因得數宴見探馬赤軍之戍北者多逃歸吏請按法誅之公曰逃者聞命懼誅將聚而爲盜其以百日許自歸有不至

者乃誅之可也奏可公雖世家無第宅在京城或言公僦居於上者命買宅以賜辭不受拜御史中丞行臺江南因上疏極言天人之際灾異之故其目則有脩德行廣言路進君子退小人信賞必罰減冗官節浮費以憲法祖宗者是時中書大臣有以朱靑張瑄之行賄也事敗貶湖廣關節近倖求復相位而江浙省誣公者亦在中書公劾之不報馳驛面疏論之幷及近侍之熒惑者又不報遂謝病歸久之又拜中丞行臺陝西不赴武宗皇帝時仁宗皇帝在東宮召拜

諭德未數日拜太子賓客復遷居事辭不就尚書省臣濫殺無辜輕華錢幣中外洶洶中執法久闕人上方圖任仁宗曰必欲得眞中丞惟張珪可苟不稱我任其責上卽日召拜中丞居月餘上不豫三寶奴矯詔赦天下常赦之所必不赦者未幾上崩仁宗命按誅之而其黨有求脫免者公力言諸上雖得不死猶杖之仁宗將卽位廷臣用皇太后旨行大禮於隆福宮法駕已陳矣公獨奏其不可臺長止之曰議已定雖百奏無益公曰未始一奏詎知無益哉且大位太

祖世祖之位隆福太后之宫也舍大明弗御天子果
即何位乎上悟移仗大明遂即位賜只孫衣二十襲
上金五十兩使自爲帶受衣而辭金不允制帶以賜
之上命道士劉志清以其法爲醮事近侍分其所用
金幣道士訟之臺而近侍譛道士於上前當殺者六
人公力辨道士無死罪上怒曰汝以臺綱脅我耶公
曰御史臺陛下之臺則臺綱陛下之綱也陛下奈何
欲自壞其綱乎上怒未解顧左右扶出明日復叩頭
苦諫曰陛下必欲用譛言殺無罪臣請先死上即不

殺六道士親解衣以賜公明日上謂近臣曰人言中丞忠臣乎張中丞乃張忠臣非官中丞也召謂之曰朕欲厚賜卿卿非無寶玉如非卿心何因以御巾拭面額納諸公懷曰朕澤之所存朕心之所存也其服膺毋失皇慶元年八月拜榮祿大夫樞密副使舊制中州軍士鎮江南者踰嶺以戍率二年而代遭犯瘴癘十無一還公曰是徒寘之死地耳奏請屯置近邊其嶺表要害因其土人以戍不幸前死者官給櫬傳還其家從之徽政院使失烈門請以洪城軍隸與聖宮

而巳嶺之以上肯移書有府衆恐懼承命公曰徽政有左右都衛兩軍足備工役又欲此將何爲固不署事得寢而慫怒自此思害公矣延祐二年拜中書平章政事請減煩冗還有司以清中書之務專脩宰相之職焉上從之著爲令教坊使曹咬住拜禮部尚書公曰伶人爲大宗伯何以示後世上曰姑聽其至部而去之公又諫乃止皇太后以中書右丞相鐵木迭兒爲太師萬戶別薛參知行省政事公曰太師輔上道德鐵木迭兒非其人萬戶無功不得爲外執政上

深許公言而東朝之怒滋矣失列門等謀所以去公

中書者間車駕時廵旣度居庸皇太后宫幄在龍虎

臺遣使召公宫門下以中旨切責之賜杖公創甚輿

歸京城明日遂出國門賢人士大夫祖餞感歎以爲

公之身可辱公之名不可辱斯事也所謂質諸天地

鬼神而無愧者歟公子景元嘗上眷遇掌符璽不得

一日去宿衛至是以父病華告遽歸上驚曰卿别時

卿父無病景元頓首泣血不敢言上不懌遣參議中

書省事換住往賜之酒遂拜爲大司徒謝病家居尋

丁母夫人憂廬墓三年寢苦啜粥病腫濕或勸之食肉不聽日於其間累土墳次如臺者三延祐七年正月上憶公生日輟上尊解御衣以賜之益仁廟於公終始之意固將有爲而竟奪其志悲夫至治二年英宗皇帝召見公於易水之上曰四世舊臣朕將畀卿以政公辭歸遣近臣設醴候諸館東平王拜住時爲相問公曰宰相之體何先曰莫先於格君心莫急於廣言路是冬起爲集賢大學士先是鐵木迭兒復爲丞相以私讐殺平章蕭拜住中丞楊朶而只上都留

守賀伯顏皆籍沒其家大小之臣不知死所會地震風烈勑廷臣集議弭災之道公以大學士當議抗言於坐曰弭災當究其所以得災者漢殺孝婦三年不雨蕭楊等寃死非致沴之一端乎死者固不可復生而情意猶可昭白毋使朝廷終失之也又拜中書平章政事初公將兵時所佩符及歷臺省每除必讓還曰此軍符也非他官所得佩請上之典瑞自大德來凡三上三不允至是以聞又不允而公固請竟納之侍宴萬壽山又特有玉帶之賜三年秋御史大夫鐵

失等自上都來夜扣國北門逕入中書稱遽矯制奪執符印莫知其端久之稍有知上暴崩于南坡者公遂顧無足與共事而魏王徹徹禿以親王監省公密撼之王有感動意因曰我世為國忠臣不敢愛死事已若此大統當在晉邸我有密書陳誅逆定亂之宜非王莫敢致王曰公誠忠萬一事泄得無危乎公曰事成王之功事敗吾家其虀粉萬死不敢以言累王於是王遣人達其書今上皇帝即位于龍居河躬行天誅罪人以次就戮及大駕至統幕公迎謁上顧問

曰此張平章耶密書之來良合朕意公拜曰陛下入承宗社大義昭明皆睿斷也區區之忠何及於事上曰以日計之卿言不緩自探佩囊出片紙付翰林承旨澗徹伯曰此當書之史睍其紙則公密書也方尚食旣嘗悉輟以賜公唆南者鐵木迭兒之子官治書侍御史南坡之夕彀弓矢露刃以佐鐵失而獨後誅有司奏當流之報許公入見曰法強盜不分首從死唆南之逆豈止強盜之從乎發冢傷屍者亦死唆南親斫丞相拜往臂豈止傷屍乎逆賊無君父是無天

日也豈有無天日之地而苟容其生乎遂伏誅仁廟
范金爲主盜竊之時參知政事馬剌兼領太常禮儀
使當遷左丞公曰以參知政事遷左丞姑曰序進而
太常奉宗祐不謹當待罪而遷官何以謝在天之靈
遂格其命時有勇暴者厠名元從中怙恃恩私肆爲
不法有醫婦飾而過市六七人要而執之加無禮焉
有尉捕得强盜械送府盜有親者方乘傳出使擊尉
去破械縱賊有司莫得而詰告諸省府又不得請公
曰如是則亂生矣力命捕之皆得諸權要之家會赦

得解有售珠於内府枚論之一小者有直萬緡公曰萬緡中人幾家之産會其珠凡幾萬乎且戰國小君猶以得賢勝照乘曾彼識之不若乎又手疏極論法度寬弛紀綱日壞汙穢賊虐恬不爲怪逆順不明於人心禍亂之鑒不遠惟聖明奮其乾剛以振德之則仁厚之澤無偏黨矣不報而公病增劇非扶掖不能行有詔常見免拜跪賜上車得乘至殿門下上肇開經筵講帝王之道明古今治忽之故命左丞相與公領之公進翰林學士吳澂等以備顧問每進讀公懇

懇爲上敷說皆義理之正無幾微權謀術數之渉焉自是辭位其力上委曲勉留而後許然猶封蔡國公知經筵事別刻蔡國公印以賜庶幾其少留也泰定二年五月公得旨暫歸天下之功成名遂而身退者未有能及之者也三年春上遣使召公期以必見公力疾而謁上曰卿來時民間何如公曰臣老寡賓客不足遠知真定保定河間臣鄉里也民饑甚朝廷幸出金粟賑之而惠未及者十五六惟陛下念之上惻然勑有司畢賑之如公意又一再進講拜翰林學士

承旨知制誥兼脩國史國公經筵如故上見其誠病謂之曰西山佛祠多高潔可以頤神已疾卿擇而處之駕至上都上顧謂丞相若曰張平章安否老人恐乏侍養宜以時還家得無便乎因遣使撫諭之務在順適其意於是公始成歸矣少間長衣幅巾逍遥泉石之間與山僧野老分席以相愉悅上稍聞之以公爲愈矣起公商議中書事公曰老臣荷國厚恩四世而臣事六朝矣一息未盡其忍忘朝廷乎如筋力弗勝何使者不敢强閲數月又病上遣太醫視之久不

愈乃移書中書曰病不任事而國公月俸千緡弗敢受籍會之凡爲定者三百餘悉還送官上聞傷其意留其俸疫諸府俄而公薨公資本高明又輔以學力積世勳崇期世其家以經濟自任臨事決議侃侃正色勇於敢言千挫萬折人所不堪公志不爲小變而氣益昌雖貴倖臨之姦黠侮之公一以誠慤自處久之而各失其所恃者多矣究而論之葢古所謂社稷之臣者乎公少能挽強命中嘗從大師出林薄有虎在焉人馬辟易公抽一矢直當虎虎人立矢洞其喉

一軍讙嚻及學書腕力尤健端重嚴勁無嘶筆諫之
臣讀書不尚章句務求内聖外王之道旣而稍進方
外之士以悅生佚老焉公初娶楊氏繼室烏氏又娶
鄭氏並封趙國夫人皆無子淸河郡夫人孫氏生定
遠大將軍保定等路管軍上萬戸佩虎符鎭武昌曰
景武者公長子也次景魯亞中大夫海北廣東道肅
政廉訪使景哲奉政大夫僉浙東海右道肅政廉訪
司事景元資政大夫河南行中書省參知政事景德
未仕卒景誠文林郎内政司丞女五人長適朝列大

夫太常禮儀院判官董守懿次適中順大夫祕書監丞趙伯忽次繼室董守懿次未行次適武德將軍保定蕒管軍上千戶忽都帖木兒孫男十一人長曰旭宿衛次曰昌明威將軍保定等路管軍上萬戶佩金虎符曰昆曰昇曰昭曰晟曰曜曰旺餘皆幼孫女六人銘曰維蔡建國自其先公於焉訖金是用啓封公子公孫洊楊世武追王奕奕曰淮曰汝顧瞻先履頟頟有城孰不胙土我于其生於皇建官咯用漢制將軍司馬丞相御史三府相望總贊國成人登其一已

極顯榮我以世將典司風紀既貳宥密又使宅揆公
曰噫嘻硪曷致茲于公先王究忠百爲人曰咈哉德
則惟世智周慮淵乃克有濟世皇作之成宗渥之穆已
武仁心焉度之大車既載于行而柅孰謂得君衆忤
構厄既逐既藏侃侃大剛先帝遺眞以錫嗣皇有猷
有爲有言有烈相時儉壬睢盱震慴大駕之來法宮
既清出納咨諏屬于老成人亦莫間政亦莫適抱其
遺經積誠思格白髮蒼顏安車以朝佇瞻威儀德孔
昭公雖言歸公卿近止公疾遄已公來覲止公今不

乘天子永懷一鑑之亡四國之哀勳在王室德施孫
著銘玄堂作者太史

元文類卷五十三 終

元文類卷之五十四

元　趙郡蘇天爵伯脩父編次
太原王守誠君實父挍訂

墓誌

嶺北行省郎中蘇公墓誌銘　虞集

延祐七年二月壬戌中憲大夫嶺北等處行中書省左右司郎中蘇公志道子寧父卒于京師七日戊辰子天爵以其喪歸真定三月乙酉葬諸縣北新市鄉新城原先塋之次而刻石以文曰嶺北行省治和林

國家創業實始居之於今京師爲萬里北邊親王帥重兵以鎮中書省丞相出爲其省丞相吏有優秩兵有厚餉重利誘商賈致穀帛用物輕法以懷其人數十年來婚嫁畊植比於土著羊牛馬蛇之畜射獵貿易之利自金山稱海沿邊諸塞發被涵照咸安樂富庶忘戰鬭轉徙之苦久矣丙辰之冬關中猝有變未兩月遂及和林守者不知計所從出人大震恐並塞奈散會天大雪深丈餘車廬人畜壓没存者無以自活走和林乞食或相食或枕籍以死目未昊道無行

人方是時除吏率恇怯傾辭不慮往獨蘇公受命卽行曰豈臣子避事卽安時耶既至曰事孰急於賑饑者明日告其長曰幙府謹治文書數實錢穀知前遇事變無甚費失上下因爲姦利取月盡徒有粟五萬耳民間粟石直中統鈔八百貫安從得食請急賑之大人人三斗幼小六之一卽亟請于朝曰倉儲無幾民與軍皆君之赤子賑民饑將之軍與謹儲之則坐視饑者之死不得已饑者急在旦暮已擅發願急募富商大家致開平沙靜附近之粟別設重購實邊勿

惜一日之費爲經久慮幸甚中書省以聞天子爲遣使護視賑饑且下令曰有能致粟和林以三月至石與直五百千四月至石與四百五十千五月至又減五十千至皆即給直賈運踵至不三年充實如故乃爲成法使勾稽考覈參伍錯制以相承吏守之不改易於是沿邊諸王多汎索公持法一不予王怒使人謂公錢豈爾家物公對曰有司知給軍事非軍事誠不敢擅與且撙節謹惜非爲已私王幸察亦無以爲罪皇子安王是之褒以衣一襲吳王亦知公徒行予

名馬公受而傾橐償其賈和林禁酒法輕不能止中書吏奏重法罪至死令下三日索得民家酒一缸趙仲良等五人當坐省府論後奏公持不可曰酒非三日成者犯在格前發在格後當用後法設當坐猶當用部書審覆詳讞乃奏決無敢擅殺衆不可公獨上其事中書省刑部議如公言其人皆得不死人知公明決有爭者悉詣公公曰我不得治有司事叱遣不去卒得一言則皆服而退和林旣治事日簡乃即孔子廟延寓士之知經者講說率僚吏往聽至夜乃休

孔子廟故丞相順德忠獻王所築未成而王薨至公始卒其工朝廷知公功使者往來必撫問慰勉監察御史按事至邊民數百人狀公行事卓卓者數十上之御史以聞而公與同列多異議代歸百姓不忍其去行至京師卒公初以吏事爲真定守山西姚公天福所推擇既知名轉補山西河東道按察司書吏用使者程公思廉薦爲監察御史書吏轉戶部令史歷樞密院中書省掾出官承直郎中書檢校官刑部主事樞密院斷事府經歷嶺北省郎中終始不離吏事

然皆有可稱者在真定從其尹决獄竟大寧俄而在河東所按問無自言寃者在察院從御史按事遠方能正色感愧所事令無敢失職在戶部從禮部侍郎高公昉治白雲宗獄浙西白雲宗強梁富人相率出厚貨要權貴稍依傍釋教立官府部署其人煽誘劫持合其徒數萬凌轢州縣爲姦利不法者能爲明其詿誤者出之田廬貲賄當没入者鉅萬没入之良家子女數百當還民間者還之閱二歲五往返京師以具獄上在樞密院軍吏子孫當襲官其貧之至十餘

年不得調悉舉行之天子使大臣行邊北方獨以公從有弓矢衣鞍之賜在中書僉尚書省立威勢赫然中書掾多從尚書省璧公獨不赴洎然守局如常尚書省罷分鞫其銓選不法者黜奪必以理爲檢按官得工戶一曹濫出財物數千收之得吏曹官資高下失當者數十事正之在刑部能不用上官意出故犯者能卻時宰欲殺盜內府金而獄未具者能黜其盜吏之使盜引良民者能刪治其條例以便引用者在樞密斷事府能辯庶弟之誣其兄而奪其官者總計

之益未嘗一日苟廢其職者也然和林之政偉矣我
國家初以干戈平定海内所尚武力有功之臣然錢
穀轉輸期會工作計㪲刑賞伐閲道里名物非刀筆
簡牘無以記載施行而吏始見用固未遑以他道進
士公卿將相畢出此二者而已事定軍將有定秩而
爲政者吏始專之於是天下明敏有才智操略志在
用世之士不繇是無以入官非欲以是名家趍急用
也而世或專以善持長短深巧出入文法用術數便
利爲訾病者殆未盡也不然若蘇公者其可以從吏

起家少之哉公幼不好弄寡言咲不妄交爲吏視文書可否奉行不待請言者坐曹歸闔門不通問謁對妻子如嚴師友内外肅然好讀書尤尊信大學及陸宣公奏議未嘗左右篤於教子餘奉輙買書遺之子亦善學卒以儒成名如公志公之先趙之欒城人再徙眞定曾祖元老祖誠考榮祖以公貴贈奉直大夫同知中山府事飛騎尉眞定縣男妣吳氏贈眞定縣君娶劉氏封眞定縣君黑軍萬戸義之孫征行百戸誠之女子男五人四人夭其一天爵也以國子高第

授從仕郎大都路薊州叛官治公喪以禮女三人適勸農司使宮天禎次適真定醫學錄張棠次適氏務郎河南行省都事何安道封恭人孫男昌文於是公之年才六十耳雖久服官政皆佐人無所自遂方鄉用遽沒君子惜之銘曰有肅蘇公執德不回淵嘿自持弗耀其材始時羣公好善已出孰學孰耕匪求乃得得不以求氣直而昌謇謇舒舒何行弗臧直道若倨不利涉世我篤自信守以終始五掾大府位俾志行四命于朝彌光以亨頷頷和城與王攸理控制朔

易何千萬里國人居之谷馬雲生尚莫往來矧周其情御史有節從執以書孰害其人據義抉除天子德音元戎往布曰爾從我弓馬錫予再歷其方有法有恩其人識知掾語孔文狃安易撓我際其會以哺以縉幕府維宬邊人方懷公不少留見用駸駸而疾不瘳炎炎弗趍寂寂弗變當爲而爲當辯斯辯退而能思閉戶深居制行甚嚴動本於儒儒行吏師庥其在此有書滿堂以遺其子子能習之亦允蹈之豈惟官成勗公之私匪源無深匪流無長以承以傳在此幽

宫

熊先生墓誌銘　虞集

先生諱朋來字與可姓熊氏世爲豫章望族祖文炳父希曾以宋淳祐丙午年生先生先生以咸淳甲戌登進士第第四人授從事郎寶慶府僉書判官廳公事未上而宋亡世祖皇帝初得江南常以名取士盡欲得故國之賢能而用之尤重進士若故相留公夢炎固已爲内相尚書而王君龍澤亦召拜行臺監察御史先生名不在王御史下然不肯表襮苟進隱處

州里生徒受學者常百數十人因取朱子小學書提要領以示之學者家傳其書幾徧天下時來鎮豫章者多名公卿皆以客禮見先生先生和而不肆介而不狷儒者倚以爲重焉憲使魏公初與先生從容東湖之上先生指其北涯曰徐孺子故居在焉太守陳蕃之所表也而重門西南出曰桂華無所當矣魏公慼其意更表爲高士坊郡城外舊有宗濂書院祠周子兵興燬之先生得郡人黃氏故居於孺子宅東北加葺焉徙其名表之公私爭致助儼然立爲學官矣

劉公宣之持憲節也尤敬先生論經義無虛日間以政事爲問先生愀然曰郡學上丁釋奠諸生有與執事者公固見之而是日有盜刼傷人者南昌賊曹執而掠之幸儒者善柔不能自白誣之獄成矣耳目所及尚有此又何問乎劉公曰有是哉即日審得實立破械出此儒者以其械械賊曹諸公由是益知先生之有用於世者而終不敢以是溷先生也會朝廷使治書侍御史王公構銓外選於江西於是行省參政徐公琰李公世安郎中馬公煦憲使盧公克柔列薦

先生爲閩海提學使者報聞而福州廬陵爲郡在東南儒學之士爲最多朝廷大典文治加意此兩郡特起先生連爲之教授先生所至考古篆籀文字調律呂協歌詩以典雅樂制器定辭必則古式學者化焉故其爲教有不止於詞章記問云者既歸有司以常格調建安簿不赴後又以福清州判官致仕先生一視之漠如也更自號曰彭蠡釣徒而四方學者稱之曰天慵先生云先生燕居弦雅瑟而間歌以爲樂門人歸之者日盛旁近舍皆滿至不能容先生懇懇爲

說經旨文義老益不倦得其所指授多爲聞人達官
舉進士者項背相望延祐甲寅天子獨斷以進士科
取士進士科廢巳久官府咸不知其説以不稱明詔
爲懼獨江西行省諮問於先生動中軌度因以申請
四方得遵用之請先生爲老官則曰應試者十九吾
門不可而其後舉江南三行省皆卑辭重禮致先生
主文先生以儒事爲重皆應之及對大廷先生所選
士居天下三之一焉初先生以周禮首薦鄉郡而今
制周官不與設科治戴記者又絕不見先生屢以爲

言後得周尚之以禮經擢第習此經者漸廣由先生
啓之也英宗皇帝始采用古禮親御袞冕祀太廟奮
然制禮作樂之事朝之大儒搢紳先生凜然恐不足
以當上意而翰林學士元公明善颺言於朝以先生
爲薦未及召而至治三年五月先生卒矣享年七十
有八先生動止有常喜怒不形於色接賓客人人各
得其意去有家集三十卷其大者明乎禮樂之事關
於世教餘若天文地理方伎名物度數靡不精究焉
先生娶袁氏子男曰永先象先太古孫男曰昶昇昉

椂生寅生富以是年十二月望日葬先生於豫章城南石馬之阡太古與其門人今陝西行省左丞廉惇前進士余貞曾翰等使以書來京師求銘集受而對曰昔先生與我先君太史同年生友誼甚重集再以待制召復入史館道過豫章前先生之卒數月耳先生以其所撰琵賦二篇命集書之蓋有所屬集感焉不敢不書也先生之墓草至是三易矣銘其敢緩乎故爲之銘曰維昔先聖善韶放鄭律失音泯莫辯其正先生脩能興遺宋亡抱器承歌教成鄉邦於皇盛

德方被金石沛乎述作失此遺則疏越朱弦我則不聞欲知先生視兹刻文

牟先生墓誌銘　　虞集

隆山先生姓牟氏諱應龍字伯成甫故宋朝奉郎知彭州贈通奉大夫桂之曾孫資政殿學士正奉大夫累贈光禄大夫謚清忠子才之孫朝奉大夫大理少卿巘之子也淳祐丁未清忠公以國學博士言事忤時宰鄭清之去國抵吳興寓第而先生生清忠公喜字先生曰翁歸稍長警敏過人日記數千言作爲文

章志趣高邁清忠公以直道事理宗爲時名臣登其門者一時人望先生皆得而交之丞相江公萬里參政錫公棟高公斯得端明湯公漢尚書劉公克莊至折行輩下之而高公薦之尤力此先生之始年也先生當以世賞奏京官輒讓其族父諸弟而咸淳辛未擢進士第時賈似道持國柄欺上罔下妄以伊周自擬衆口和附因欲致先生乃好謂馬丞相廷鸞曰君故與清忠游今其孫踐世科誠難能幸見之當處以高第先生拒之不往見及對具言上下内外之情不

通國勢知急之狀考官異而不敢置上第調光州定城尉人或惜之先生曰昔吾祖對策以直言忤史彌遠得洪雅尉今固當爾無愧也沿海置司辟爲屬天幾以心疾乞告歸養而宋亡矣故相留公夢炎事世祖皇帝爲吏部尚書以書招先生曰苟至翰林可得也先生不答留尚書愧之旣而家益貧稍起教授溧陽州遂以上元縣主簿致仕此先生之歷官也先生之母鄧夫人故太史李公心傳外孫也先生猶及見太史每接語終日而先生之史學端緒自此始大理

公前國亡時已退不任事至是益不出父子之間討論經學以忠孝道誼相切劘若師友然自大官顯人過吳興者必求大理公拜床下得一言而退終身以爲榮而先生以元子侍左右見者感服一以爲師焉其於經皆有成説門人不能盡傳行于世者五經音攷若干卷而已先朝文獻淵源之懿日以曠遠時人無能言者或妄言以自跪輙牽合無據先生道其官簿族系月日鄉里如指諸掌葢非直其强記如此亦故家習熟見聞然也其爲文沛然若河江之決不極

所至不止時人以爲似眉山蘇氏此先生之爲學也
先生簞瓢屢空不以介意門生故人或有餽苟非義
不受與人交樂易眞實不以矜厲爲容談笑傾倒援
引根據不見涯涘居吳與三世矣而風致猶故鄉故
自號曰隆山先生示不忘其故云此先生之爲人也
先生娶楊氏奉直大夫知邵武軍恪之女先先生五
十二年卒再娶程氏朝奉大夫將作監繩翁之女楊
程皆眉山詩書故家也男子五人必遠必大必達必
勝必昌其三人早世今必達必勝在勝程出也女四

人長適蘄州路儒學教授眉山陳琛次適建寧路總管府知事河南雲謙次有疾不嫁次適安吉殷天錫孫女四人先生卒於泰定甲子三月享年七十有八以是年五月乙酉葬于湖州烏程縣三碑鄉兑山之原此先生之終也前先生之卒一年集始免先太史喪省墓吳門先生手爲書命其弟以其門人鄉貢進士陳潤祖所述平生來告曰子之言可信于世盍及我時爲我著小傳集承命不敢當將詣吳興拜先生會有國史之召不果泰定二年冬程夫人之弟某縣

尹晉輔以先生之子勝書來請銘曰先生之志云爾集惟家世仁壽與先生同鄉里門戶略相望先生少先太史一歲耳先生幸不鄙棄託之以言是有以處集矣其敢以固陋辭雖然僅能書所得而知先生者之其可信也其不知者固不敢言後之君子信其所可知則其未盡知者可推見矣故爲銘曰學孰爲博寶藏有作運化叅錯掇拾偏駁欺世之作文孰爲雄江漢之東浩浩不窮補苴彌縫嘻嘻粗工有餘而藏不足而張我懷先生豈私其鄉斯文有傳百世不誣

銘以信之不其遠乎

故贈瑞安知州王公墓誌銘　虞集

昔我仁宗皇帝天下太平文物大備自其在東宮時賢能材藝之士固已盡在其左右文章則有故翰林學士清河元公復初發揚蹈厲藐視秦漢書翰則有故翰林承旨吳興趙公子昂精審流麗度越魏晉前集賢侍讀學士左山商公德符以世家高材游藝筆墨偏妙山水尤被眷遇蓋工於繪事天縱神識是以一時名藝莫不見知而永嘉王振鵬其一人也振鵬

之學妙在界畫運筆和墨毫分縷析左右高下俯仰曲折方員平直曲盡其體而神氣飛動不爲法拘嘗爲大明宮圖以獻世稱爲絶延祐中得官稍遷祕書監典簿得一徧觀古圖書其識更進蓋仁宗意也累官數遷遂佩金符拜千戶總海運於常熟江陰之間焉泰定四年夏部糧至京師因來告曰昔振鵬官七品旣蒙恩贈先父曰從仕郎樂清縣尹母曰宜人今位五品又蒙恩贈先父母如振鵬之秩此皆仁宗皇帝之遺恩國朝之盛典而先世積善之效也不有以

表著之是振鵬忽於君親無以昭示於子孫族人鄉里也幸賜之言而勒諸石焉余感其言故序次其事而并及其世次云王氏始自會稽遷永嘉宋紹興間其先世以武事得官爲保義郎數傳爲自强生挺挺好佛學生由字在之至元廿五年卒時年三十五今贈奉訓大夫瑞安知州飛騎尉追封永嘉縣男配張氏追封永嘉縣君振鵬其子也振鵬之兄龍孫爲浮屠名善集銘曰偉哉王公卽家開封緊子之功功歸名藝仁宗之世積拜寵異先朝文興孰究孰承慨茲

其徵

周母李氏墓誌銘　　虞集

鄱陽周暾與其弟明之游京師也其族父集賢司直應極實致之得爲國子生時制書始命有司將以科舉取士而貴游不治進士業獨暾兄弟出篋中所習程文數十篇示人皆驚喜取讀或就問學焉未幾遠方獻異獸曰麒麟暾作賦千百言上之中書省丞相大悅以屬參知政事察罕使命以官是時陳策進書獻歌頌者常數十人無所遇獨暾見知時宰人人羨

道暾矣一夕暾感異夢旦而治歸明日兄姑留幸有
以榮吾親明代兄歸矣明至家其毋果病見明問知
其兄弟在京師事爲之喜而起後六日乃遽卒皇慶元
年七月十九日也暾聞訃且行亟來請曰嗚呼痛哉
未有以爲榮而爲感若此惟先生辱爲之銘用慰其
地下而已予竊感而悲之爲次第其語云暾母李氏
諱清世居邑之沙堤其曾祖松善爲生以貲顯祖時
榮父天驥以文學名適周樸儒家也昔者周氏以明
經取高科者歲相望樸弱冠受尚書有能聲反得内

助事親理家益如志常遺暾明從師而無牽於愛暱故能以卒業聞子三人暾明其幼祿女二人其壻程益徐璋斛田里之斗橫山其葬處也銘曰有肅兮閨門子森森兮孔文按有饌兮醴有尊不少延兮誰怨樂茲丘兮物議

爲美縣尹王君墓誌銘　李源道

君諱惠字澤民姓王氏世居中慶之晉寧後徙滇遂爲滇人曾祖考諱世爨氏有土嘗領布爕考諱連襲職天兵南指以其衆内屬妣張氏君軀幹魁偉識字

書斂官事笳爲威楚屯田大使增糧萬石第上其功至元廿五年雲南行中書省選主定遠縣簿三十年遷武定路祿勸州判官大德元年調霑益州判官招逃民二百五十四家三年調馬龍州判官四年擢中慶路昆明縣尹階將仕佐郎用行中書左丞劉公之薦也省檄處囚多所平反在縣大興水利安集流民爲戶百五十有一五年遷同知路南州事至大三年調同知永昌州事明年改石平州判官階將仕郎曲靖戶田有隱金穀逋懸省檄君往括治考覈虛實區

別駕徵人稱其平延祐二年省議昆明壯縣再除爲尹明年改宜良縣尹階承事郎嵩明有獄五年疑不決御史屬君推按得情免死者十餘人六年遷仁德府爲美縣尹兼勸農事脩孔子廟以館來學嵵君年六十於滇城營江頭別墅將請老不許省復委推事建昌麗江諸道至治元年夏五月涉金沙江渡瀘水感瘴疾殆輿歸二年秋七月一日疾革越五日遺訓子孫忠孝喪禮一則古毋從僰俗語畢而逝年六十有二越八日葬昆明菩陀之西岡三娶皆張氏子男

十人曰明沅江路總管照磨曰昇仁德路儒學教授曰慶習國言曰忠府學生曰益監稅曰其曰海曰良曰讓曰某未仕女四皆適右族孫男若干人既葬諸孤伻書乞銘其墓嗚呼滇南之壤地大矣自歸我職方氏六七十年朝廷置省憲以控之官府章程文物品式幾與上國齒振古無以侔也然其人如勞深廱落相倚爲習獷愎喜爭尚有禮義所不能盡化者萬里走書爲其先求不朽計如王氏子者能幾人哉予嘗廉部徼南蓋悉其爲人方以變俗爲事乃不果辭

銘之以爲南人勸庶幾有聞風而起者銘曰維南有滇限邛僰皇風遠被爲樂國生斯牧斯揚乃職半刺六州宰四邑民鴻勞止我爲息獄犴有寃我爲直天之報爾亦云極子孫兟兟孔蕃殖衷子因俗古是式遺言四方可作則矧乃要荒阻重譯西岡之麓卽藏室永垂厥聲有藥石

安定郡夫人王氏墓誌銘　馬祖常

夫人王氏故贈翰林直學士安定郡侯胡公諱某之夫人陝西諸道行御史臺治書侍御史彝之母也世

爲浚都鄢陵人父諱貞伯始宅安陽兄諱穀由地官屬出主襄陽穀城二縣簿夫人在父母家時雖鍾愛於其親而食與衣常後於兄嫂及歸胡氏事安定公持婦道終其身無懈容親紡績組紃之工弗好世之侈靡華飾以儉以勤相安定公家政卒能有成慈睦仁祥族姻芘之夫人有子二人長卽治書次規業儒山東憲府辟署書吏補典寶監令史治書甫丱夫人謂安定公曰是兒資頴悟可令蚤就學也遂求經師講先王禮樂詩書之義善屬文未冠令譽日著起家

爲大都儒學錄大都四方髦俊輻湊於是治書學益碩大名益光顯矣省臺交薦于上歷監察御史右司都事左司員外郎工部侍郎丁安定公艱吉服浹月即拜今官使者及門致禮意敦請治書以侍夫人榮養爲辭夫人曰兒來前吾有訓汝承吾志吾逮事舅姑汝先考及我教汝胡氏之宗事其在汝乎今國家命汝爲臺臣西南四省四憲之評議屬之汝其速行毋以我養爲辭焉治書上事半月夫人訃至徒御不戒號泣東出及安陽喪次銜哀具書告其友馬祖常

曰彝不孝先妣安定郡夫人以至順元年六月六日卒將以七月三日祔葬于先考安定郡侯之墓里人祉愚爲之狀矣請吾友爲埋銘以刻之嗚呼人之生有男女焉幸而爲男子或有所樹立於世則不與百物俱盡幸而爲男子矣無所樹立使人惡之惟恐其久生而何死之恤也夫人女子也爲女而能賢爲婦而能孝爲母而能慈從其夫子有官有封其所樹立殆過男子矣宜乎富貴壽考享厚生之福也歟祖常與治書同學古文使爲銘義不讓迺銘而授諸來者

銘曰在相安陽有貞慈母啓封湯沐賦安定畝煒其輝光夫人象服柔嘉有儀百麗子福少也稚弱玉節閨房歸于夫家組紃含章教子俎豆不繫于遷弗雕其全而人咸天詩書禮樂六藝之師起其施施居其孜孜迺成治書樾官臺臣又成典寶克昌克寅克昌克寅亦既多淑善後無疑譬彼種稑我家則穫且痔錢鑄洹泉出山糾流相西鬱鬱栢松薈蔚之隮乞矣安定幽宮是域夫人祔之恊其龜食孫子爰殖我銘不泐

桂陽縣尹范君墓誌銘

揭傒斯

大德中勳臣楚國公之季子帥湖南有所愛掾盧陵范君元亨其强敏之才廉正之節風動千里人不畏帥而畏元亨時余在長沙數與之遇而不敢一詣門恐溷君也後二十七年會其從子匯于京師則君沒十年矣乃錄其行請銘君諱元鎮字元亨其先蜀人今居安福之清化里祖巖生二子皆爲太學生季曰景材是爲君父君早孤母劉及其兄元方教育之至元二十五年監察御史舉廉能爲江西憲掾居五年

去之京師辟徽政掾又辟大司徒掾皆不就元貞初詔求能書金經者君在選中經成補湖南掾秩滿授瑞州税使改武岡録事攝綏寧令進郴州桂陽尹累階承事郎卒官君所至當官而行無所阿避禄入不足則歸賣田宅以給之往往初多忤而後反見知者其行事之尤著者則在帥府有田千戸者死其子曰田芭芭幼弱其弟田仁襲其官據其業而奴畜芭芭長愬于有司數年不決事上帥府復多右田仁君抱牘方力爭帥怒自左右捽君且下吏梁木壞幾壓帥

帥乃止田仁恐求援行省權相數日使逮君甚急且喻之曰汝不用汝頭汝來汝愛汝頭勿來皆謂君往必死君竟往極言田人罪反覆無所顧不能屈乃與芭在武岡氏張氏欺胡氏寡弱占其產倪萬戶脅張惠以罪取其田皆奪而歸之許文炳兄弟爭財二十年不決召其兄弟涕泣而理喻之許乞罷歸在綏寧王永明誣舒八殺人實藍姓殺之永明伏辜諸峒饑疫大起死者過半下令寬征賦以卹之諸峒嚮化在桂陽民白有盜其牛者蹤跡無所得方疑所捕二猶

嗛牛耳鳴號于庭求猫主索之果得牛立命償其牛而正其罪且桂陽側陋洪給與大縣等民力彫耗一以寬濟之故其卒也民無遠近皆縞素會哭哭盡哀猶不忍去前後被行省及部使者檄詰責諸郡邑邑三百餘莫不稱允而不及大用以沒悲夫君之卒實至治元年十月二十有五日年六十四以明年十二月二十有一日葬所居東北龍唐之原初娶吳氏再娶劉無子以兄之子肇開爲之子年六十一乃得子曰性傅女三人長適大都路固安州儒學正劉蒙德

次適徐經遠次適蕭信之孫男三壽駿文豹天霓女一銘曰此孳孳稱所施而止於斯彼巍巍兮

曾秀才墓誌銘

歐陽玄

秀才曾氏子一漢既沒於江南其兄德元在京師聞而哭之慟知其葬有時奉行述乞銘於歐陽玄拜具泣曰人之生苟有德慧孰不願有辭於永世也弟一漢實曾氏才子弟令不幸短命父兄不能續以長顧得先進一言以傳庶幾猶未死也玄聞其言惻然乃序而銘之曾氏永豐顯親里大家一漢字明善本曾

似翁第三子大父悼其兄之子似俞蚤夭無後以繼之大德十年丙午五月庚午朔生天曆三年庚午五月癸丑朏死是月戊午攺至順以是年某月某日葬于某里之原一漢五歲讀書數千百言過目成誦少長無童心年十二三能文十五六頎然長以弁不尚浮靡不事貨殖篤志道德性命之書能服行其言事父兄善交朋友信遇宗族鄉里之長老恭未及壯有學行辭章廩廩趣老成人初師里士劉福遠習舉業精熟尋執摯臨川吳先生門受諸經說大稱穎悟年

二十有五病痰喘以死方疾未甚四月十日有厲風從西來拔並舍大木似翁簭得未濟之巽心疑之不逾月一漢乃不起妻劉氏子男一人萬奴財四月而孤行述似翁所自作其文不勝哀有甚於德元言者嗚呼爲父兄鮮有不愛其子弟者論才不才恩義有不相掩者一漢死父兄若失希世重寶不能自存嗚呼一漢眞佳子弟矣乎銘曰麟之不角鳳不如殰匱之不翰鷇不如毈奪其有據無與之爲瘉瘵其垂成無生之爲寧坎而深樹而摻無重傷其父兄之心

元文類卷五十四

元文類卷之五十五

趙郡蘇天爵伯脩父編次

元　太原王守誠君實父挍訂

墓誌

國子司業滕君墓碣銘　姚燧

觀漢諸碑凡門生爲師作者其文多稱在三之義蓋本欒恭子民生於三父生師敎君食惟其所在爲言又列郡邑姓名字官人出幾何錢於碑陰多至百人或倍之令人每與今無古者篤於其師之慨至大巳

酉燧長翰林之明年國史院編脩官東平蔡文淵狀其師國子司業滕君之行與門生許質求表其阡以君之再入成均橫經丈席者嘗數百人礱石所資一不借人出二子獨加異乎古豈不於在三足拔浮俗斯時耶君諱安上字仲禮其先自洛徙中山不可推采其世考府君某隱德委吏斗食自捐生君八年而不祿妣李夫人撫君誨曰而性質開朗記識兼人且金名士趙燦離孫不可以貧廢學感聖善言師西巖君克自砥礪勤心聖學暨其長也尊聞行知如不足

日私居自持衣冠齊遨及出接物一誠以和郡無少
長相謂不字咸稱先生學積其躬道行其家化及其
鄉府臣歸高薦名于朝勑教中山是府多士求親輝
光謦欬欲聞冉冉其來服縫掖者將半齊魯庭臣善
其職士有聞用以職民主禹城簿壓於爲監爲令與
丞刑或過中必揆以義馴馴上說不使黥涅妄加疑
盜廢棄永世仁譽旣章宜司所臨若縣與州事有未
竟必檄往治裁中情法守令憚之出將入迎若事大
吏徵爲國子博士以其平昔自律爲先蚤作晏休誨

誘諄諄發蒙疏疑立懦勉剛各因其才矯拂於善黨坐羣行齒而序之其極弗率有黜與朴成均作則井然有條即升監丞再丞太常世祖賓天成宗繼序圓丘請謚太室升祔凡厥禮文酌古損今皆所訂稽元貞之元拜監察御史京師地震上疏曰君失其道責見於天其咎在内庭竊于外政小人顯廁君子名實混淆刑賞僭差陽爲陰乘致靜者動宜兢兢祗畏側身修行反昔所爲以盡弭之之道其説累數十百言反覆深切有司不敢以聞君則曰吾不得於言者遂

委印去反關其家著書自怡尋起爲國子司業時已疾矣顧言其子治喪無用二氏以其年乙未夏六月廿有五日卒年五十四葬府城東南崔丘里爲文一本理義辭旨暢達不爲險譎非有裨世教者不言有東菴類藁十五卷故江西廉訪使趙秉政板之行世矣又有易解洗心管見藏之家亦多乎哉其不年者世同哀之而文淵猶以不侍經筵職絲綸謀廟堂爲憾嗚呼夫既師成均官奉常歷臺諫而又有德有言足矣奚必兼彼數者始爲至耶夫人李氏貞順柔嘉

姻里範焉後君八年卒子翊去尉東明自致終喪亦
足彰君刑家之自今尉元氏兄羽有文行蚤世銘曰
孰不曰士于學始至迄用有成千百一二允矣滕君
斂脩篤行鍾鼓衛門益大其聲勃起布衣于定敦教
祁祁縫掖來則來效再主禹城簿領勾稽不枉刑墨
仁聞日躋滿秩而招入爲胄監由博而丞俊髦是範
轉而奉常禮文斯綱或革而因酌損用章遷拜御史
爲帝耳目言責塞求龍鱗逆觸一不見入納履而行
反關立言行後是程方徵司業年過知命遽啓手足

理也莫竟短者已而其長斯存何以貞之石有誄言

河南道勸農副使自公墓碣銘　姚燧

彦隆始由太原徒行至河内致其父書魯齋先生願游其門未有介也乃因吾友翰林侍讀高凝得操几杖主凝家二年而歸侍其親而先生亦召北矣尋由避宅左揆以集賢館大學士祭酒國學敎貴冑乃奏召舊弟子散居四方者以故王梓自汴韓思永蘇郁自大名耶律有尚自東平孫安與凝燧嶽自河内劉季倫呂端善劉安中自秦獨公自太原十二人者皆

驛致館下三年吾儕或病告官去而先生亦浩乎其歸乃奏有尚與公從仕郎國子助教昔者貴胄友也一旦能横經下心事之爲師屬非其道聳是曹不可得其馴然北面俄侍裕廟東宫公爲講鄭伯克段于鄢已講而出裕廟語人曰是非空言意固有在也以國史院編脩從仕郎仍助教擢奉訓大夫監察御史發阿合馬賊國諸不法彼顧誣公糾摘非實捕送刑部獄引隣婦有色者教誣公嘗竊往來怒隣婦力明其無有鞫之墮孕而事始白又糾鷹師西京宣慰使

倒刺沙以已憾殺其幕僚幾是皆庸懦縮首危者而峻風節者咸偉之出僉陝西漢中道提刑按察司事燧亦爲其道副故得詳西土所爲其按歷皆分險僻荒寒諸州南而褒鳳金洋北而綏麟葭丹塗經龍門西河絕崖高可去水百尺止通一騎必遣導者先之有來騎使駐之寬所卒至則兩不可班視燒棧猶車衢也如是之地皆周焉制度卒有反者不卽覺捕惟罪社長監郡與憲司麟州人告陰濟民乘馬疾馳其識佻也問曰所懷何書濟民給以反書佻上變延安

延安移文吾憲公又請往治之所牽連二百許人繼燭治之再旬是州小僻無紙至覆舊案以書適近侍臣括馬其州館鄰墻也聞獄吏呵問終曉得公姓名歎曰世有克勉其職如斯人者使人勞苦之曰吾見陛下當首聞公竟白濟民無佗特杖其給佻非宜言者公位憲諸君下會王相府伯不花右丞勳臣子開省京兆特異禮公其按臨諸司皆拱聽者改僉河南河北提刑按察司事臺檄檢覈中興鈔庫中興故李夏都隸隴右河西道憲令竟事始聽東任公又走沙

葬往復近萬里半歲而歸與其副程思廉發數縣民完提以捍河水罷當暑賦民牛車轉粟入淇又攺僉燕南河北道提刑按察司事趣裝其考已疾行至衛而卒公與兄楹郎藏衛西輝之蘇門周卜村南原而其妣亦疾乃朝夕哀死事生卽敎授于輝明年燧召直翰林感其毁瘁骨見衣表弔哭之于其徒數十人拜庭進退明讓賓敬之道嚚嚚然先生成法也爲嘆曰嗚呼燧亦先生弟子者何嘗有以善及人如是明年燧疾滿告歸鄧而故司農卿侯爵託語彥隆或河

南北農副制下必壘緜以出世議監薄自便非時燧
傭車過衛不可留不得身見爲書語其然聞方督課
有績其妣亦卒附其考墓竟以是謝所事以至元巳
丑秋八月三日年四十六卒苫廬嗚呼學可以範世
行可以礪俗而已是哉夫人賈也以燧平昔善公錄
河南北道勸農副使苟宗道埋辭求銘神道毎一讀
之一抆淚擲筆數年終不能叙其事去冬以史事又
召入翰林過輝夫人祈世母夫人爲言持幣泣請且
使其子覃馬與游其門者庭拜燧還其幣曰吾無答

吾亡友者以是佐刻石須鳴呼非公仁義行家能使婦人如是切切惟恐没其夫子一善可曰賢已公諱棟考天祿雖官而不顯居順樂堂號順樂先生唐白居易家狀云白姓家太原者楚熊君孫勝白公見殺於楚其子奔秦孫乙丙與裔孫起爲秦將封武安君賜死杜郵始皇思其功封其子仲太原公豈其苗裔耶銘曰聞古五十年不稱天公是不盈天道未曉學不篤耶得譽先師道不行耶裕廟嘗知職不舉耶三憲著效力不本耶耕播之教况冠獬角敢言人難彈

射柄臣聽者毛寒猶枚其外未及其内視親于喪觀婦于介靡一匪善靡一可凉非我友私月旦章章嗚呼白公耳孫猶令其貫古松歲遠滋勁士不盛位而盛吾賢盛位者衰盛賢日延有方其趺有剡其首碣石阡隅千祀無朽

河内李氏先德碣銘　姚燧

至大庚戌鄃王府長史兼經歷典食司與所部人匠都府官李惟恭持其鄉士席雲漢狀其祖潤文玉使懷之利用庫日民調商征之入吏祿公須之出不遺

於受不僭於發如他人侵蠹以溢其家貧而責償罪没産者皆無之與交人以誠御下以寬禮賢樂善者求表其阡燧曰管庫之官則古委吏亦下士也所可筆者豈專由孫貴耶蓋郇王之考初尚主世祖再尚主裕宗自稱晉王克用裔孫爲置守冢數十戸於雁門禁民樵牧由分地在高唐郎是進爵爲王世居静安黑水之陽爲廟以祠孔子元貞始年表賀聖節獨書漢字庶其尊禮斯文者惟恭今臣其子觀其所事者賢若不可辭矧有大此者懷之爲州憲宗大封同

姓初國世祖于秦以戸寡益封之至元之末以封其孫順宗既之國未至疾返成廟賜名懷寧以王今聖時方撫軍于北皇太后儲皇往居者二年則懷爲三聖龍潛之地傳曰小國之君當大國之卿爲下士是邦者當宜何哉則君善職管庫者有不必言矣卒以大德乙巳三月十有八日年六十七垂絶猶念惟恭不置曰吾平昔鍾愛是孫今遠宦數千里不及聞吾顧言可憾也哉妣王後二年亦卒二子從冑從信孫則惟恭其長初由王府郎中羅忠國使懷聞其好學

慤有立志遂與偕北卽塔其家進之於王王甚禮之言無不從事必見咨妻卒賜楮緡二千五百爲娶元氏子季惟寅銘曰荀卿子言臂非長升高而招所見彰斯若可用爲君方惟懷爲州河之陽實爲三聖淵龍鄉其間下士雖守藏或小大國君卿當其貴可參攀鱗翔況復有孫翼賢王遠塞而近孔子堂仕優學以能自彊何畏潛德無輝光

故提刑趙公夫人楊君新阡碣銘　姚燧

維蔚州蜚狐趙氏系不可遠本縣令江西湖東道肅

政廉訪使秉政而上推得二世祖崑金帥府評事卒葬其鄉二子珪晉珪將萬夫戍葭狐後遷刺蠡州留瑨在鄉守舍天馬南牧度形勢不支倡縣民以城下之從太師國王徇地至蠡其刺猶城守擊殺王悍將蕭大夫王恚欲阬城公請以身贖母兄死王哀之併全蠡民以戰績每最進冀州元帥虎符復推與其兄廷議多其悌讓改公冀州軍民總管別錫虎符入覲受知睿宗承制監易州再遷行省中都金平監中山府當憲廟世世祖方淵龍收召闓望之臣求治道之

宜今者置經略司于河之南宣撫司從宜府于陜之西部部于秦都漕于衛東西二千里道不拾遺而邢則今中書右丞相之祖封國政施民散最號弗治求潛藩制官惟歲入其貢賦爲置安撫司後邢易爲順德升州爲府乃以近故太師廣平王從祖脫兀歹與公爲斷事官位安撫上公年盛强俾與開國勳臣苗冑爲友則潛藩期任公者已不小矣世祖踐極制監眞定路位總管上俄遷順天路宣慰使肇置四道提刑按察司以公使燕南河北轉使河北河南累章請

老不可年七十九始聽歸卒年八十三以監中山有田朱固鄉不返葬飛狐即塋是鄉堯封原亦昭時崇顯壽考人也夫人既同享有其樂公當不恙亦以官植棻順德盡析秉政夫人從養及子貴食其祿以終年八十二不及公才一年何壽考萃是一門哉因惟女子子天父天夫者也父不能必子之貴能之者夫子焉耳而難其全今之儲才將相係望海内者每在乎風紀之官夫人以提刑使之妻而母廉訪使詩曰敎誨爾子式穀似之彼奕葉襲芳不隕世德夫人之

功亦鮮儷哉古邦君之妻邦人曰小君禮士喪妾不得匹其夫必曰君妻曰女君後世封羊祜妻爲萬歲鄉君則令甲郡縣君之原可爲今不敢氏夫人而君君之凡其不反葬中山即別塋順德李馬村若不同穴既稱合葬非古也因求之吾家舊州都督文獻公開元宰相考也葬陝之峽石百官咸會焉及妣夫人劉卒則葬萬安山萬安嵩高西趾去峽石二百里耳以唐相之貴月入俸錢三千緡有力不足於至哉則不合祔者亦從古也今秉政斯兆未必始亦繇此燧

以其於古有徵爲癸之夫人生三男二女男秉政秉彝秉衷女適焦簡周某孫男女九人秉政又曰吾他日亦域是嘗聞諸師古人不諱死惟不趨取死之途今之人兕兕焉惟死途之趨復若諱死亦惑哉如師之言則秉政不狥流俗語身後事於其生亦庶幾古達者也銘曰襄國所直趙南魏北其西太行冀方四塞求田惟艮宜莫如襄衍沃平平千里其疆生家其間没即斯瘞奚取目者風水焉泥孰陪平原如阜而尊左之右之昭婦穆孫天厚其門既壽既祉流澤淵

淵未艾來只世生顯人如夫如子

故金甄官署令魏府君墓碣銘　姚　燧

燧還吳中過廣陵日今嘉議大夫行臺御史中丞初請曰吾祖靖肅公顧言以吾曾祖甄官署令即死所藏亂離失其處他日必虛爲丘先塋石載其事無使吾先人魂遊徜徉無所於歸而一善之或遺也子義爲銘隨又遣其少子可亨挐舟廣陵五千里追之襄陽不及返而及之鄂授其考所輯家塾記曰掇是事銘嗚呼確哉遠而勞焉廼本之曰魏氏繇唐相知古

子林剌朔州子孫居桑乾桑乾爲令弘之順聖遼有延恕者生中奉大夫守成中奉生通奉大夫餘慶通奉生兠答館酒使子貞兠答實生甄官署令君諱允元改德元字信之甄官生進士特賜及第笏特賜生思廉即記家塾者思廉生初初生翰林脩撰必復可系者是九世其大于金繇兠答弟資德大夫參知政事柱國鉅鹿郡開國公子平相世宗致治隆平祖考中奉通奉再世官皆以公貴贈兠答及子隴右令景元甄官與逸其諱一人再世官皆以公貴膺君始監

順聖酒改弘州酒使鄧州榷使抽稅設防有方與官平不增歛姦無走匿額有羸籌民不苛之入副堂厨庫又爲使改文繡翰林兩署令同知易州入令裁縫署改令甄官署以卒年六十三官止廣威將軍夫人高氏七男茐琉瑜琦玠璠玉琦太中大夫行部侍郎玠朝列大夫延安司獄璠翰林脩撰令謚靖肅公與特賜皆以明經進士官琉懷遠大將軍耀州庫使瑜監豐利酒皆廕官玉進士未祿卒二女一歸同知荆州節度使事秦德美一歸其鄉右姓孫氏君究心本

富計田疇第舍牛馬雜樹直可爲錢千者五萬歲入粟爲石者三萬歲抽五十一爲七子求師取友須令節休旬大集衣冠令校誦所業覈其進惰巳則雁序立前侍飲前脩聲輝耳目漸涵化淪其心繇是成德達才多萃其門章宗甚愛李妃夫人視妃母王姑也數召通籍禁中不可後從秋獵易州君方徐道橋諸水復召曰吾思與若昆第語久矣終不能一致令行之所在是而夫子倅是便且時也無終見避之深夫人以君出不敢專行俾于余請之亦不可曰是家膏

也親將汚人人有爲不善者不畏取戾府縣惟憚君知兵興下令急甚敢有舍奴婢亡命不告者辠及其鄰人猶利其傭輕私役之覺則殺以滅迹或致大獄君時鄉居聞有出入非常者召問得情嚴其錮防書致其主歸之約示薄威以懲其再無殘其生終不語其主以獲之誰舍所也比卒免家僮久故者民之作詩與斯世訣沐浴冠衣揆日而逝君之孝友天得非學其使堂厨以鉅鹿公子叔元未仕曰大臣子故屯其膏澤不見及耶三求推所居官縣官以故事無有

不可又恤其無子以靖肅後之靖肅又無子顧言後
初則甄官子孫世世圖報鉅鹿者何如也其家塾自
序曰由吾季曾鉅鹿輔政兹降脩仁潔義可謂曰久
仕之達者列品而九不過中中天裔爲報將待夫後
之人耶最初之仕外僉提刑司事爲副爲使入爲監
察御史治書侍御史侍御史御史中丞三十年間風
憲之官無不揚歷司清議者猶大有期曰將不已是
於今嗚呼自序君其知子哉矧必復於靖肅公克世
其官可大可久與亨學行嶷嶷可述銘曰反覆觀先

民吁可哀積充報銜身期後來門令容駟馬堂三槐必貴於天者如取懷惟中奉亦然祥用獄至鉅鹿再傳既鈞軸官不私其子甄官承承三遜其季叩莫膺又仁厥之祀脩撰繩官以祀比言祀則大以今脩撰孫後者再小宗既顛蕃大宗賴藏偶失故所瑰依依招之從先墓來如歸𪆫𪆫桑乾原終天地碣孰華其文太史燧

翰林脩撰致仕董先生墓碣銘　元明善

楊州總管王君結余友也駬過其家中山授余崔助

敎詠狀曰此結師也幸公銘俾諸孤刻之墓神道是不没吾師矣余以義不得辭諸總管則取其狀讀之曰先生姓董氏諱朴字太初隱居五十年壽八十五以卒嘗爲陜西道按察司檢法太史院主事俱去之集賢院臣奏其賢特授翰林脩撰承務郎同知制誥兼國史院編脩官致仕先生之學葢明理爲本篤行爲要最其所至則文雅安帖者也其教人也善因其才而究其器故千里間化之學者不之字號曰龍岡先生先生朔州人曾大父遷邢著戸版大父資祿姚

韓父彦成妣李農焉先生頡異過人學於樂舜咨劉
道濟遂以儒顯娶張生三子一女先先生卒二十七
年長子慶雲次子慶元慶隆女適張德祿孫男四曰
壽寧祖寧叔寧蘭寧孫女二曾孫男三曰長孫昶孫
澤孫曾孫女三先生卒之歲爲延祐丙辰月爲辛卯
日爲乙亥葬之日巳丑其兆在唐山之陽云夫含光
蘊秀蹈高遵素惟潔身之士乃能行之惟有道之朝
乃能容之跡其臨蒞銘之也宜辭曰龍岡之支淵淵
以池種蓮于兹匝我茅茨池水之清比其風靈蓮花

之馨配其德徽猗嗟後生于考于評仰止斯銘千載而鳴

監察御史韓君墓碣銘　張養浩

君韓姓諱克昌字勵夫汴之太康人其上世遠不能系大父贇隱德不耀父椿官至淇水巡檢君甫冠以孝廉辟吏河南陝西二憲司尋登掾刑部歷臺若省論事持正不撓所至表表有聞後刑部缺主事衆咸屬或謂資淺執政曰用人耳遂授君其操履益確嘗有兄弟五人爲盜或論爲強於法皆死君閱其牘愀

然曰弟從兄者也今若是不幾族乎乃議最幼弟減死上之省可其讞闔部嘆服其他措迷趣緩稽舊蔽新凡所當爲靡遺餘力時長官有娟其顓者君曰上領其槩下任其繁此自通制余何顓然以疾屢在告衆史軫其憊不煩以細惟重辟則正是焉久之懼事壅職弛舉浙西廉訪司經歷丁某自代用是改承務郎太常大樂署令甫上拜監察御史進儒林郎雖力疾就職未嘗辭劇避難建言如皇子師友非人起居注不舉其職覈徽政成按言國庠學規省官節財審

令愼罰數事皆剴切時務爲慮深遠未幾河東憲司有不劇上者臺臣爲失風憲體奏君即治以訊慨然趣行或以疾止之君曰御史與散員不同吾心視常人亦異况死生命定顧可以微恙使吾有不職罪耶乃决意往回及半途病果劇以延祐元年八月二十九日卒官於威州陘山驛春秋四十又三計至公卿大夫士無不悼惜娶董氏一子元善從仕郎濟州判官君性端介峻儀容讀書務措諸實用論議踔厲臨政稜稜有風望外若自用而理所折衷則舍巳從人

如弗及故不知者頗以爲狷余爲右司都事時君掾省以嘗共事故知之爲深嗚呼惜其年位不究而止乎此也雖然湛盧豪曹不必陸剸象兕而後知其利肅霜要裹不必路極九有而後知其良古人韞奇櫝異囷於小官而不獲伸者何限遽曰其才已是可乎哉此余所以器君之賢而又軫其施不廣且悼夫大勲不及書也然有其具而未盡其用則有非我所能必者庸何傷哉庸何傷哉是爲銘

吏部員外郎鄭君墓碣銘　虞集

鄭君諱大中字義甫早學於鄉校稍長推擇補中書戸部令史歷詹事掾史出官登仕郎納綿總管府經歷仁宗皇帝在東宮時嘗因事得見仁宗偉其人目左右問其姓名是時仁宗愛尚文學常不次擢拔材儁於衆人之中人亦率更名所居業以自傅會驟得顯用者甚衆而君畧不少自衒鬻才得爲中書掾掌選調陞吏部主事以廉敏爲丞相器重而君丁內艱去國服闋除東平路推官終更又除嘉興路推官甫召爲吏部員外郎官奉政大夫且嚮用出調廣東官

於江西歸至京師以疾卒泰定二年七月二十一日也享年五十五公材行過人視當世顯用者未見其遽相遠數寘省部要地皆不得久又常以文書爲職業事無專制獨爲推官時東平屬縣東阿誣民爲盜者獄具矣理出之壽張童子以杖爲戲誤中人死縣論以殺人之罪君持不可刑部是其議山東大水民多徙死檄君賑給者多全活嘉興浙大郡獄尤夥君决遣之數月乃至無事憲府以其狀薦之其治績可推見者如此娶何氏封眞定縣君三子重承事郎太

常禮儀院太祝量野未仕三女皆幼重爲國子生時與今史官蘇天爵爲同舍而集爲博士故其葬君於眞定之三家原也以天爵所述狀來請銘按君之先世本契丹貴族石抹氏後改從漢言曰蕭氏者是也有仕金爲謀克謀客者金人之言謂帥百夫則冠以謀客爲官名云貞祐南遷以其兵戍洛正大庚寅國朝兵至戰死其配楊氏亦以兵死而其子顯七歲矣爲千戸鄭公所得鄭異其資不凡以歸與妻霍夫人鞠育之千戸公竟無子而歿遂以爲子因姓鄭氏而

母事霍夫人終身有恩禮是爲君之考以君貴贈奉政大夫樞密院判官驍騎尉眞定縣子妣尹氏贈眞定縣君而君又有兄大章中順大夫濟南萊蕪鐵冶提舉與君齊名而皆不究其用具書之俾後世知鄭氏有以石抹氏改者自眞定諱顯者始其銘曰

氏族之興氣禪體承似續祠烝匪信曷徵維鄭有艮吏維遼是自銜德懷誼不敢叙其紀爰著因始俾永貽孫子

國子助教李先生墓碣銘　虞集

東明李先生爲國子助教時集後至與先生爲同官先生所居齋諸生多年長豪俊之士先生朝夕授之經懇欵有程方重純篤授業者知以質行爲貴集少先生十餘歲嘗觀其不可及以自勵方是時故平章政事高公昉故翰林學士元公明善皆先生鄉里雅敬先生而高氏又與先生家連姻二公赫然用事於朝先生歲時往來之外未嘗有所私謁處士張子素好立奇行自表樹匏冠布衣剌口言天下事常傲視一坐人亦少先生數歲先生以鄉里待之甚勤至子

素益加敬愛嘗從駕上都分教諸生之在宿衛者比還中道驛吏告乏馬以牛車進先生食已攝衣升車無一言驛吏更相誚以爲不當斬長者而從者亦愧服先生居成均五六年有傳其子好文所著古文數十篇至京師故御史中丞張公養浩與元公皆以文學自任一見驚異即列薦之於朝先生慨然曰斯文之事屬諸吾兒可也至治末集自江南召還則先生巳去世而好文登進士第歷史館奉常復得爲同朝集見其深靜有學未嘗不嘆先生之有子焉好文來

言於集曰昔先君之在朝也招撫府君之墓得姚文公爲之銘鄆城府君之墓得閻文康公爲之銘先君子歿而諸老盡矣同居成均者惟子在焉敢請銘集誠不敢附二公之後而與先生父子厚善豈敢辭按李氏世居單州諱訪金義軍提控生子聚金亡徙大名之東明大帥阿木魯版授軍民招撫使生庭王鄆城令先生其第三子也諱鳳字翔卿幼嗜學休沐不廢從鄉先生孫曼慶學詩久之曼慶謂先生曰詩吾無以加子矣其爲義理之學乎先生乃屏絶金末律

賦舊習而究伊洛之遺書寒暑不懈嘗謂嚮未孰而
臨卷有得不知釜之焦也初從太史氏測景陽城留
居嵩潁間讀書三年而後歸爲郡學録鄆城病還東
明遠近學者從之常以百數稍遷廣平學正大德丙
午始除國子助教在官兩考餘有司以常格除臨朐
主簿到官未久即去之延祐丁巳八月巳酉終於家
年六十有四以好文貫贈從仕郎郊祀署丞加贈奉
議大夫太常禮儀院判官驍騎尉追封東明縣子夫
人王氏故太醫使康懿公安禮之從子也通經史善

相其夫教其子以有成初封宜人加封東明縣太君就養京師安貧而篤於禮至順二年十月甲子卒年七十有七子一人好文也女適王思柔孫三人洙浚潞女孫二人皆幼好文奉母喪還東明將以三年三月丁酉合葬先生夫人於黃頭里之先塋先生雅好巖壑而所居遠於山得奇石積之齋前以爲山日對之吟諷先生著書甚多而不甚存藁所存者有詩數百篇曰西林集西林者先生所居也銘曰

先生之容鬱乎山岳之蒼蒼先生之懷浩乎河海之

泱泱用世不多歛而歸藏子以文興于先有光我表西林來者不忘

征行百戶劉君墓碣銘　馬祖常

趙郡蘇天爵述其外大父劉君行實乞銘於馬祖常曰先妣武功郡君昔安樂時念其父不忘懼其善不傳而名遂泯泯也嘗以語天爵逌先妣棄世外大父終不得銘天爵蒙慈母之敎誨粗有樹立於時圖所以繼親之志者天爵其可不勉祖常曰孰無親乎孝於親之身者尚矣矧又能思廣其親之志乎乃爲之

序而銘之序曰劉君諱成字立甫貌魁岸奇偉讀書涉大義不事章句歲壬子國家初籍民田襄鄧間君與其兄俱在行中兄弟勤穡事每代兄作勞田官稱之久之從伐襄陽先登授百夫長嘗率數十騎畧武當宋邏兵四合屢突圍出皆不勝或欲降君殺馬爲食居數日不降宋人疑其有誘各引去衆服其勇丞相伯顏將大軍渡鄂州江命別將阿里海涯率萬戶張興祖軍分徇湖廣地君復與其兄從破羅飛文才喻周隆黃必達張虎諸軍薄靜江兄中瘴毒死君扶

其柩而北葬既襄事輒屏跡田野課僮種樹畜牧耕
桑衣食以自給於湖南遇兵俘一儒生黎姓用金購
之曰此儒生不善力役歸我我將俾爲弟子師果同
歸教諸子於鄉餘所全活者衆此儒生其一也享年
八十有四以延祐三年正月十又二日卒葬眞定平
樂原先考萬戶府君考諱義起行伍元帥史天倪辟
署權黑軍萬戶會副將武仙殺元帥叛卽從元帥弟
丞相天澤擊走仙轉戰兩河平金有功妣夫人孟氏
夫人董氏前君廿六年卒子二人曰寓曰海孫二人

曰允中曰弘中女一人故中憲大夫嶺北行中書省左右司郎中蘇志道之夫人追封武功郡君今奎章閣授經郎天爵之母也女孫四人一適奉訓大夫萬盈倉使李恕一適張林一適侯間其一幼也世本歷城人金季山東河朔兵興賊雜蹂葅醢其民獨眞定城完君之考因占籍焉而今爲眞定人者自其考始郎中蘇志道年少日君識其爲令器以女歸之後其甥天爵又以文學進有官於朝孝而能成母之志俾其外氏之官閥世次刻於金石者竟賴其力焉銘也

無愧銘曰

振振劉姓考室貞定挺身兜鍪而官弗崇雖則弗崇勇也匪躬斬馬啖卒出金購士其謀則懿其惠則侈其廼其啓以多孫子女實命婦副笄封君出甥維彥日肆於文克表外氏纘茲勞功刻待墓門維以亢宗

監黃池稅務王君墓碣銘　馬祖常

王君元父既歿之十一年其子國史院編修官沂茹哀請於馬祖常曰子與予同登進士第又同官於朝先人生世以迄於卒其行誼無愧而終齟齬以不合

於時者子能知之其宜揭以傳後者子宜爲文沂之述諸狀者子宜加詳焉按王氏出姬姓周畢公高裔孫萬事晋更十世得列爲諸侯滅於秦子孫徙雲中地今之弘州六世祖遼戶部侍郎山甫始著於家諜子三人曰元節容州觀察判官生詡金左司員外郎以文學稱蓋世閥遠矣曾祖諱鋭金尚書戶部員外郎祖諱國綱金監察御史使河中詰總帥完顏仲德戰敗死節考諱振艱關轉徙占籍眞定力學底行起家至江南淛西道提刑按察司經歷配丁氏有子三

人長諱宗禮季諱宗義皆早世仲即君諱某幼自知
問學侍經歷君居浚都爲士子經師尤長於詩歌試
浚都文學掾辟江東道宣慰司令史會使專恣他吏
恐諛弗敢仰視君每以義持之屬歲澇饑郡無賴起
績溪盜斂相蔓民不輯寧宣慰司遣君覆視還請蠲
徭發廩以賙畦隷盜遂息進將仕郎宣城縣簿縣比
歲供玉面貍四十畢罘不獲則轉購他邑糜貲毒民
君至請悉罷貢姦民有詭逃田賦者歲取償里胥吏
循格不究君一正其籍乃建孔子廟築壇壝崇祀春秋

餙其牲器以與邑人行事川有渠田有溝道有寓望吏徒有畏而弗肆民知有政而趨功監司郡守爭爲鼓譽江淛行省屬錄寧國太平二郡囚又屬考覈江陰錢穀他州縣訟累歲不決者多以屬君所試悉有能聲江陰盜有枉爲脅訹者吏黨按之既誣服巳君反覆得其情爲具獄白行省事上中書移刑部刑部允君議遭脅訹者得免死南陵縣僧以貲雄持縣短長堰溪水漑私田霖潦水溢則漂沒崩蕩邑人訴於縣吏懼莫能施行君詰視毀之老幼至撫手拜慰且

曰君出一鄉於魚蟹矣未幾擢江浙行中書省掾曹無留事適淛西廉問官與君素同里少持氣不相下頗嫉君君又不自詘以希合乃風吉豪梗羅織君以是坐誣免不辯起除瑞州平準庫使不就改仁和鹽場司丞又不就家居數歲又改除平江行用庫使州縣趨白君所與游盡一時知名大夫士咸燭君寃而君終不自訟就使終不赴孰與君直乎忍是一往而無變君素守以泝於物將推歷君之迹當不誣矣寧無爲君采於有司也君不獲巳就官久之自免歸階

前資遣承事郎監黃池務稅以至治三年五月十三日終於家享年六十有七以某年月日葬於某州某里之原娶把氏潁州判官時之女男三人澄沂洙女一人適浙東廉訪使侍其同朝之子通孫男二遷善崇善孫女二人皆幼君甫冠即自立勤苦爲文章履其身以莊儉亦未嘗過爲崖機其官業行巳之畧一皆自信不妄計進取少顧時人之所爲而亦以此稱之然亦以此嫉之至大間嘗爲書言任人別邪正養民重守令法不可輕更令不可輕出期少施於朝廷

而書不果上執政聞君名私使人致款欲官之錢監君知不足與共事卒謝去後果敗而君益畜其學以老不克用鉅公聞人累薦君才宜理劇文學宜館職皆不報屏居錢唐詩書尊俎詠歌息偃泊然無毫髮世俗慮撫育諸孤子姪誠愛天至而急人之窮獎人之善汲汲焉猶負宿諾而抱隱痛皆他人所難而君爲之不知爲有德尤人之所難也其所著有政要書十二篇陶詩注三卷詩一卷嗚呼天興之變國土厖裂焚剽剪薙不百年而金之名家善士之子孫遺子

不數戶矣初御史君以直節死人惜其未能大用於時夫固知經歷君之起王氏也經歷君位不配其德以殁乎今凡幾年而承事君又斥不用君子悼曰不幸然孰知後世之將昌且久歟今沂以進士入官有古學方嚮於用而克濟其美於未艾豈其碩大光顯又將在兹歟是宜爲銘銘所以使後世爲善者不怠也銘曰

冕弗媟也玉有玦也一擯不用有子晳也彪炳而文立其嵲也載善於銘行安轍也

處士甄君墓碣銘　宋本

應奉翰林文字眞定蘇天爵伯修父持所著處士甄君行狀求銘其墓曰君鄉之先達諱昌祖字茂先師侍其先生軸交秋磵王公惲俾天爵狀以謁銘子者其子恒志也銘曰

舜胄氏甄代遐邈君世有繫遠益畧茂先昌祖字諱錯無極徙恒遂地著曾祖公亮德潛爍祖讓事金刺嵩洛考用致位民部幕妣劉繼王淑相若君讀六經得大約毋王滲灑老致樂築亭訪山在負郭木石與

居隱操褖師軸友惲敬不詭言倍過行期救藥經史
傳集浩以博重屋丌册示尊閣修名𥈭然日孔灼蜀
憲聘掾以養却戊申月正體魄落歲六十二瘞諸佫
儷代之王賢以嫚亂恒補吏晋臬擢女章變兮死未
妁于子克皴齒踰弱王佚不事斯道卓榦毋之蠱子
職恪懿君學易恊準㸕顧親小祿辭不諾惟古逸遺
名不鑠賴士載辭傳磊硌抑本兹銘不已作誰之言
者蘇天爵

元文類卷之五十五終

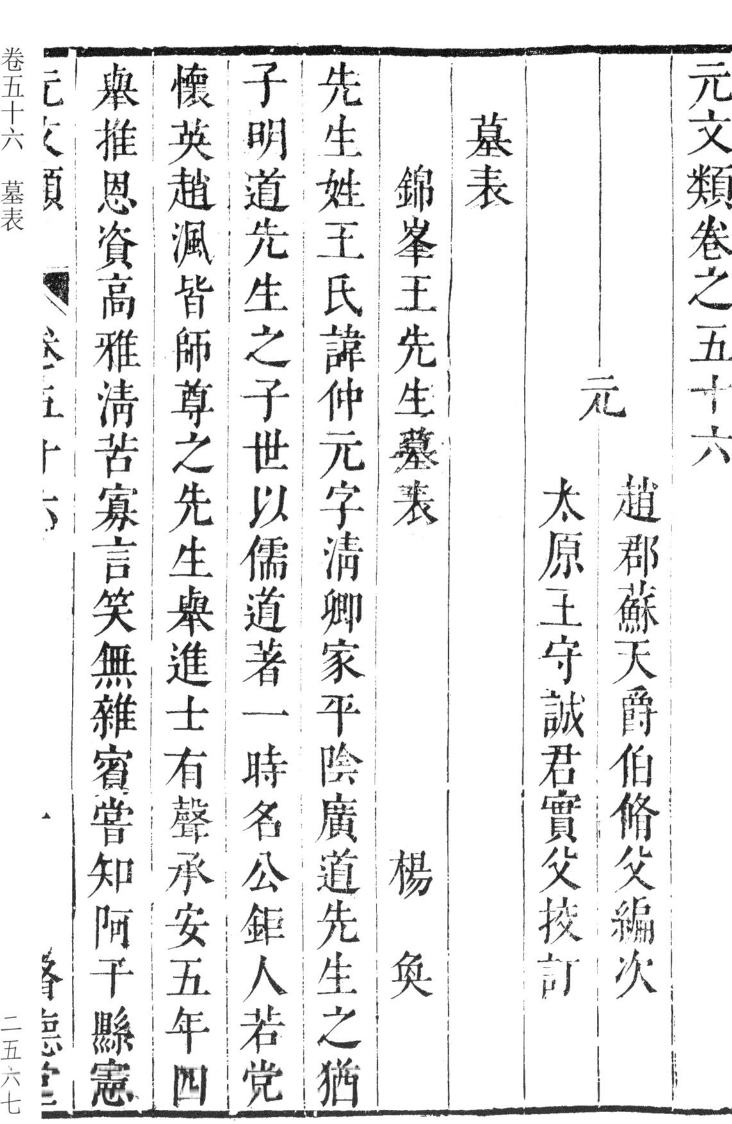

元文類卷之五十六

元　趙郡蘇天爵伯脩父編次

太原王守誠君實父校訂

墓表

錦峯王先生墓表　楊奐

先生姓王氏諱仲元字清卿家平陰廣道先生之猶子明道先生之子世以儒道著一時名公鉅人若党懷英趙渢皆師尊之先生舉進士有聲承安五年四舉推恩資高雅清苦寡言笑無雜賓嘗知阿平縣憲

司以簡靜聞退食擁琴書不出正襟危坐似與世相忘也遇會心者雖對談竟日未聞涉貴游可喜事人信其爲古君子也而書名尤重小楷介歐虞間用薦者召應奉翰林文字同進士入玉堂自先生始改陜西東路轉運司鹽鐵判官適書藍田山碑飲玉漿偶得疾歿于官舍貞祐四年也歿之日家無餘貲槀葬城南鴈塔之陰隣永平王尚書擴墓經兵寺宇廢盪荊棘埋没迷所在後三十八年尚書子元卿至審其在墓西十五步初元卿許並負而東既而恐親族零

落無可歸甲寅五月九日奉天楊奐感念平素會長安邳邦用楊天德來獻臣同德張琚高唐趙安世淅津張儆燕南毛居仁耿都陳受雲中孟攀鱗太華郭時中鄠郊范文炳平陸負擇加以衣衾藏之故穴益有待也

卓行劉先生墓表　　王惲

先生諱德淵字道濟襄國內丘人性癖直有操守好學能自刻厲及游滹南王先生門思索辨惑等說自是饜飫史學爲專門之業非禮義不妄言動一介不

取於人朋友死雖千里遠徒步必至覩前賢奇蹟偉行槩節歎賞而不能自已至椎耕牛以饗賓王殺乘馬而祭昭烈其或憫時之艱急人之難切於己私而不置也始則人大以爲異旣而疑焉終迺歎服曰先生篤行直躬守死善道者也北渡後赴戊戌試魁河北西路遠中統建元三府辟其行能授翰林待制晚節知圓鑿方枘不能與時俯仰乃以所得成就學者立言傳後著三爲書數萬言其說爲天地立極爲生民立本爲聖賢立法敷析溫公通鑑數百條扶翊章

武俾承正統及見考亭綱目書多所脗合沾沾而喜曰吾天地間可謂不孤矣又通古文奇字士多傳習之凡經指授者雖節目磦砢表表有所立或惜其僻善不顯諸用然振衰善俗激厲後人多矣太保劉公左轄張公以鄉曲義來周卹皆郤之曰吾非踽踽涼涼閹然媚於世者也至有以禮願交而弗之允者魯齋許公每道邢必式閭致恭而去壬子秋予始見先生於胙對榻學館夜半欻起撼予曰吾於漢丞相亮論議際有所得惜不並時當有說云云至元壬午予

按部夷儀謁先生於天睨齋棲遲蓬蓽心融一天自樂其樂英發之氣至老不衰先生近何述曰適作四竟辯天府七星挽章于以張皇幽眇振濯漢靈一何壯也臨訣握予手曰吾耄矣斯文未喪子其自將既而聞卧疾慮乏調養詢諸友生始知先生有子樸早世女孫一適康氏子新婦女孫皆不聽侍疾卒年七十有八時至元丙戌九月二十二日也葬順德之西丘里後十五年晚進王寧合鄉國議來請曰先生學貫三才養素丘園行媲於古人望高乎一世沒當易

名用垂光範子謂寧曰士風之不振也久矣安得高風古節如先生者哉昔孟東野以詩鳴唐張籍私諡曰貞耀程伯淳以道自任潞公揭之曰明道今扳一例如以卓行加之則名與行爲顯允矣門生户部尚書戎益礲石表墓以圖不朽翰林學士汲郡王惲爲之表

孝子田君墓表　劉因

嗚呼天地至大萬物至衆而人與一物於其間其爲形至微也自天地未生之初極天地既壞之後前瞻

後察浩乎其無窮人與百年於其間其爲時無幾也其形雖微而有可以參天地者存焉其時雖無幾而有可以與天地相終始者存焉故君子當平居無事之時於其一身之微百年之頃必愼守而深惜惟恐其或傷而失之實非有以貪夫生也亦將以全夫此而已矣及其當大變處大節其所以參天地者以之而立其所以與天地相終始者以之而行而回視夫百年之頃一身之微曾何足爲輕重於其間哉然其所以參天地而與之相終始者皆天理人心之所不

容已而人之所以生者也於此而全焉一死之餘萬生氣流行於天地萬物之間者凛千載而自若也使其舍此而爲區區歲月筋骸之計而禽視鳥息於天地間而其心固已死矣而其所不容已者或時發焉則自視其身亦有不若死之爲愈者是欲全其生而實未嘗生欲免一死而繼以百千萬死嗚呼可勝哀也哉先人嘗手録金源貞祐以來致死於其所天者十餘人而武臣戰卒及閭巷草野之人爲多而予每覽之未嘗不始焉而慚惕若不自容中焉而感激爲

之泣下終則毛骨竦然若有所振勵者故爲之訪諸故老揆諸小說攷其姓里增補而詳記之惟恐其事之不傳也近復得淸苑孝子田君焉貞祐元年十二月十有七日保州陷盡驅居民出而君及其父與焉是夕下令老者殺卒聞命以殺爲嬉未及君之父者十餘人而君乃惻然伏代其父死遂潛徃伏其父於下以兩手據地俛而延頸以待之卒舉火未暇省閱君項腦中兩刀而死夜及半幸復蘇後二日令再下無老幼盡殺時君已以藝被選而行次安肅矣聞其

父歿謂人曰我當逃歸葬吾父遂歸求父尸而得之負以涉河水傷脛至血出發母冢下尸而塞之乃還而衆不之覺也嗚呼此其所以爲孝子者歟其子道章資高爽喜讀書而遺山元公陵川郝公皆嘗爲詩文以美之雅善予一日狀其父之孝行訪予於易水之上且曰古者孝友雖庶人得書於史官而先人之孝行若是生無一命之旌而歿遂無一言之托以傳不朽爲先人子者亦何以自立於世今謀所以表夫墓惟先生實哀之言已泣數行下嗚呼予尚忍不銘

君也哉君諱喜世爲保之清苑人其仕至佩金符其壽四十三其卒則歲乙未閏七月考彥妣喬母兒嘉其所娶實望族韓有婦德鄉里稱爲韓孝婦其壽八十六男女三道昭道章裴氏女寅孫五溫艮恭儉讓曾孫四元亞季德昌銘曰嗚呼蹈斧鉞而致死猶淵氷之歸全其亾者藐焉此身之微其全者浩乎此心之天有纍雖丘匪丘者存有圜雖石匪石維文百世之下有旌古而勵俗者必名此曰孝子之原過者其式之孰獨匪人

故宋兵部侍郎徐公墓表

徐　琰

國朝自至元初元用兵襄漢以來驛書卯至日告克捷既下襄陽渡大江所向風靡有城郭封疆之任者若崩厥角恐後卒之混一區宇際天薄海罔不臣妾是雖廟謨雄斷師武臣力之故而江南謀國用世之士亦從是可知獨時時聞趙卯發夫婦死池州李芾夫婦死潭州馬暨死靜江如是者不過十數人止最後又聞文天祥以宰相使軍前遁海上被執不屈久乃伏節若可起人意者而於先幾之識前知之見未之敢論十

數年來南士車馳轂擊北來不絕間坐論對語及其所以亡者則深憂遠計危言剴論之士亦嘗有之而枋用非人以言爲諱抑而不求求而不聽聽而不用是以馴至此極始知人謀非盡不臧抑亦國運之有所窮而天命之有所屬故不得不歸於有德也嗚呼是豈一人之力一朝之故哉今觀余君恁所狀故宋尚書兵部侍郎徐公之行則前言信有證不誣公諱卿孫字麒仲臨江之淸江人曾祖源祖大經父森贈宣教郎妣熊氏贈宜人按狀公在宋朝起身儒科卽

以治縣最當時其事蓋不勝書人視以爲譜升朝一再遷爲御史爲諫官垂三年時其國之事莫急於邊備祊見卽以勵人才飭軍政結民心三事爲告襄陽之不守元帥之無謀我軍之在行者猶無不知之而彼相挾私蒙蔽上下略不正其僨軍之罰位於朝者視爲軟熟恬不之恠獨公能抗議彈擊第一義已甚可觀繼是累十百疏反覆諄切無非論邊之日言大而不遺其細謀遠而不畧於近料事精密置論切宜使吾徒爲其國計亦不過爾取是謀帥而拔李芾於

久廢薦文天祥於列郡以襄事而陳李庭芝之決不可用即責時宰陳宜中循行故事如坐而待亡其後或抗節死義或誤國謀身無一不如其言此則非知人如權衡識時如蓍龜則世孰能之殆天與為謀神授之策者乎不用其言而用其身雖簪筆持橐把節持麾於我何加至是公去蓋益遠矣國亡未幾而身亦隨之悲夫余閒居坐念自有宇宙以來亡國何限以為其國之有人則其時其事言之可為太息以為無人則斯人斯言散在史傳何國無之而卒亦無捄

於須臾之運者信在人則在乎用才者爲何人在大則亦顧遻續者之何如耳後有君子論一代與仆之由於千載之上其有取於吾言乎若公之文學政事散見如狀以非大節所在故不詳録公生以宋丙戌二月十九日卒以至元庚辰三月十日葬其鄉以至元丁亥十二月廿四日娶楊氏贈宜人繼黄氏封宜人子男二長震先卒次必茂女二豐城李杲廬陵文陞其壻孫男二女三曾孫男三女二異時余叅秉江西以修從祖漢高士之祠于東湖固已起敬公之名

節嘗欲列吾宗人之有德有爵者升祔之屬去官不果會文堅來京師一日致其婦兄之辭曰必茂先親歿且葬有年而墓道未表大懼隕越無以顯揚惟公中州典刑以詞翰重一世敢以不朽爲請余知公悉且欲著其可鑒者示後來故不復辭而系之辭曰亾國之臣莫知所亡一或有知國指爲狂由異代觀惟狂惟聖我知其人有炊無瞋千載而下其言則存刻表墓門示爾子孫

故宋勇勝軍統制官詹侯墓表　吳澂

宋勇勝軍統制官詹侯開慶己未之夏戰歿于蜀勇勝軍屯鄂之城外其秋大兵奄至降其軍而侯之妻子在軍中俱北徙子生始四歲時世祖皇帝以親王摠兵柄河北董忠獻公從世祖具知侯在蜀力戰不降狀命公曰佳父必生佳兒汝其善護視公鞠誨同己子名之曰士能既成人仕州縣以廉惠稱追痛其父歿節而未白於世常忽忽不樂及擢江南諸道行御史臺監察御史按歷荆楚所至訪其父遺迹有宋士錄國亡之際能城守野戰歿者人各爲傳而侯與

焉得其傳又稽諸故老遺黎退卒之口參伍附益歸以語其友友輯爲事狀持示臨川吴澂曰吾父以節死居北之五年吾母亦死僅存不肖孤一縷之脉大德壬寅冬具衣冠招吾父之䰟與吾母合葬鎮江丹徒崇德之硯山懼弗克揚先烈將遂沉没則終天無涯之痛愈不可塞願有述以表於墓敢以累子澂禮辭許於是讀傳與狀而哀庾之所以死嗚呼歐陽公論五代之臣全節而死者三王彦章其首彦章北面朱梁蓋路人一旦爲君臣歲月甚淺鮮無足道而弗

試所事百世之功議猶韙之宋三百年仁義之國豈朱梁比而其季也亾宗廟社稷亾城郭封疆求如項籍田横劉湛諸葛瞻顔杲卿張巡許遠南霽雲輩一何寥寥耶侯以下官微祿出入行陳屹屹不挫如此世亦曷嘗無人哉嗚呼唏矣侯之亾以蜀崇慶告急宋大將徃援侯率偏師以前破營壘十數攻蜀之帥號紐隣有善戰聲大將畏憚得小捷遽謀左次以遁侯見帥深入不惑驟領數十騎來徃有敵輙迎又喜遠追謂其輕脫可獲也大將逗遛侯率所部獨進進

至叙州南平隆化縣界遇游騎什什伯伯接戰無大勝負日中帥以精騎數千至侯之衆不滿千人皆敢死士馳突衝擊力戰不少懾遣卒詣大將求救方引衆趣山顧望竟不赴侯棄所乘馬立射發無不斃帥兵屢却然以步敵騎衆寡幾千倍帥兵生力分番迭鬬日昃戰未嘗輟所殺已過當而侯之兵死傷者十七八矢貫侯臂裂帛裹創復戰連中數十創創甚矢盡衆稍稍散逸聚者猶數十人傷重莫能軍侯被執帥壯其勇期生之侯大罵求速死亦不加害翼日帥親

視其創饋之食與藥矦摽去弗受絡置馬上載以行入日不食至播州北門逼令招城中不行遇害年五十二帥還都輒對儔黨言唶唶獎嘆曰好人好人且曰其箭不可當矦之從子二其一失其名先數歲戍巴州戰歿其一名燦然後數歲要隨州歸師至鈌陂戰歿壻王杞守樊城城陷不降亦死一門歿者四人矦光州固始人諱鈞少負奇氣嗤齷齪儒弊精神事無用語每云讀書了大意可暇日挾勁弓驅馬出平原曠野指南北東西射曰大丈夫立功名當以是兼

殿帥器之妻以兒女隸邉郡材技良家子選補軍職
隸武定軍屯光徙屯黃勇勝軍後撥取將於武定而
以侯爲副其將後走馬襄陽城上墮城下死侯叱曰
大丈夫不爲國死敵而死於是兒女子耳制置使遂
以侯代將充統制官寶祐閒蜀歲歲被兵侯往來峽
渠開達等州扞禦用少擊衆數數以多最深入蠻徼
築建城壁化服群獠撫以恩信任事不避艱險類如
此捐軀徇國其素志也而竟以敢戰死嗚呼唏矣夫
人萬氏早卒再娶胡氏生士龍士龍之子澍亦嗜書

愿而周於務嗚呼自古忠臣義士身不食其報者往往報於其子孫然則侯之後宜大蕃巳覩其兆

元氏清河新阡表　元明善

元氏有二一曰衛大夫晅一曰拓跋魏魏之元著於河南而吾曾祖諱典君家于大名之清河譜系無所徵據不得上知族里諱典君娶彭氏生子曰諱泉君曰諱聚君曰諱海君諱泉君娶張氏生子曰諱信君諱聚君娶楊氏生子曰諱珍君曰諱成君曰諱玉君諱海君娶高氏生子曰諱天祐君曰諱進君曰諱瓊

君曰諱瑛君曰諱貢君由將仕佐郎提舉杭州酒使司知事徙蘆瀝鹽場同管勾諱信君娶楊氏生子曰弼曰德曰恭諱珍君娶張氏何氏生子曰諱艮曰矼令將仕郎高郵屯田提舉曰諱林曰榮曰瑩曰嵤諱成君娶趙氏生子曰巒曰善諱玉君娶郭氏生子曰通曰福曰嘉諱天祐君娶胡氏生子曰珪諱進君娶焦氏生子曰諱彧允諱瓊君娶楊氏生子曰諱山曰顯曰世彥曰世傑曰檜諱瑛君娶張氏生子曰義曰從政令湖廣行中書省宣使諱貢君娶彌氏生子曰

明善以儒起家由登仕佐郎樞密院照磨爲中書省知管差除掾彌娶王氏生子曰起艮娶李氏生子曰賢征娶皇父氏生子曰亨榮娶丁氏生子曰敏曰懋齋娶楊氏生子曰衡曰衍善娶侯氏生子曰岵通娶李氏生子曰翰福娶閻氏生子曰幹或允娶孫氏生子曰秀山娶鄒氏生子曰振世彥娶劉氏生子曰揚世傑娶鄒氏生子曰播義娶任氏生子曰嶠曰峻明善娶李氏生子曰蒙曰誦諱與君以下葬于縣城郭西賈莊之東諱天祐君以下別葬新阡去祖塋西南

七十五步仰惟吾祖和厚懿恭懷光弗耀再世而發于吾考吾兄而明善不肖亦忝朝命執事機要益懼夫族大日遠昧于鏡考而涸先澤此阡表之所由刻也夫祖澤流衍於冥漠之中緝學勵行命不逮者有焉趍下漸邪而幸振顯者理無是也雖然益遠益大垂美無窮豈無其人嗚呼元氏子孫其可不鑒于茲

蘇府君墓表　　鄧文原

蘇氏世居真定之真定縣君之曾大父公彥大父元老父誠咸韞德弗仕君諱榮祖字顯之益樹善以亢

其宗然歲止三十有七寔至元十二年五月十六日也越四十三年爲延祐丁巳君之子志道官奉直大夫樞密院斷事官經歷秩視五品得追榮其父母由是制贈榮祖奉直大夫同知中山府事飛騎尉眞定縣男妻吳氏眞定縣君咸曰天之報施善人信遠益有徵哉志道將刻石墓左以昭被寵光于無斁其子天爵嘗爲國子生而余職教于茲也以君之壻劉從道所著居里行業謁予文余其可辭按狀君性穎異童齓已若成人從鄉人賈先生授業讀書一過輒成

謫事大父孝疾病湯液必親雖躬溲矢弗厭鄉閭益以比古黔婁云大父年高寢必溫一夕誤火其席大父曰吾孫勿異也然猶肉袒謝罪久之早嗜學每歸至夜分戒叩戶者勿亟曰大父方安寢也時南北兵阻售書價視珍貝君得書必手鈔校讐無豪忽外異迺已曆法自唐一行師推大衍定歲差法後世多倣用之然司曆或失其傳君因金大明曆積筭爲書數十篇多易其舊其學自經史百氏陰陽卜筮書靡不研顛尤邃伊洛之旨必以孝弟忠信爲本嘗曰學貴

適用也故素尚操履有古愿直風曾鬻曰金於市過友家墜焉友故收之以觀其志而君神氣自如友徐歸之曰君之量過人遠矣歲疫鄰有窶人君爲具藥食至舉家全活里閈之昏姻喪葬者毋從君問禮君援古訓式縷解銖分不爲世俗陰陽家拘忌之説訟者亦就君持平才諝日聞轉運司辟君領眞定稅然非其意也賦入有常司征者率利其贏君一無所污未期以大父病歸終孝養者七年而卒大父泣曰天胡奪吾孝孫之亟也朋友族姻皆戚嗟相弔明年大

父卒越十年夫人吳氏卒夫人宋宣和故家婉娩有禮節相其夫克愼中饋既叅奉舅姑若夫之存君儀容高潔不事表襮處昆弟雍睦衣食不先撫諸弟妹族屬咸盡恩意內外子姓群從指數百獨通財同爨君卒諸弟稍欲分析吳夫人不能止惟取薄田二頃書數篋皆曰君之教行閨閫若是夫嘗欲葺宗法以合昭穆建家廟以嚴祭祀設門塾以訓鄉之子弟志未就而歿取易家人之上九榜其齋曰威如故學者因號威如先生男二人長卽志道次殤或勸君止一

息教宜稍從寬君曰教可以愛弛耶故志道山憲司
戶部樞密中書掾長幕僚司畫諸皆以治辦稱女二
人長壻即從道次賈玖馮慶孫男五人長天爵力學
績文中國子高等調薊州判官累遷應奉翰林文字
承直郎同知制誥兼國史院編修官餘早世女三人
適宮天禎張棠何安道葬以卒之五日墓在府北新
市鄉新城原從先塋之兆烏乎人情孰不欲貴且壽
也然古之知道者以德崇爲貴令名不朽爲壽而世
之高車駟馬以矜華寵鍊氣服食以希高年卒泯滅

堙絶者何可勝道其視賤且夭者相去得失幾何也若君之年與位皆弗克究厥施而以善終始可不謂賢乎而况教終有裕命數哀榮又可慰顯揚之思於無窮云

安先生墓表　袁桷

嗚呼金蹂宋蹴南兩帝並立靡道德性命之說以辨博長雄爲詞章發揚稱述率皆誕漫叢雜理偏而氣豪南北崇尚幾無所分别當是時伊洛之學傳南劒至乾道淳熙士知尊其說闡明之朱文公統宗據會

纖鉅畢備正學始崇文未幾僞學造謗咸諱其說以售仕于時金將亡各流離自保烏睹所謂經說哉有明其說者獨江漢趙氏私相筆錄尊聞傳信稍自異流俗皇元平江南其書捆載以來保定劉先生因篤志獨行取文公書會稡而甄別之其文精而深其識專以正蓋隆平之典使夫道德同而風俗一不在於目接耳受而有嗣也劉既歿得其傳者曰安君焉君諱熙字敬仲其學汪洋靜邃謂文以載道辭不勝不足以言理故其言修以立於詩章幽而不傷慕貞潔

之實將以自任其道者也道散於異端九流證拾於墜簡傳者益遠而書幸具在不知而作者則索于句讀之末旨意斷絶踵謬而莫悟君設對問以辨後作者悔而焚其書左氏浮誕不合經者悉去之續皇極經世書錄元豐至至大三年考家禮爲祠堂以奉四世邑人化之教人也以持敬爲本解經必毫縷以析果知矣必驗其所行弟子相從者常百餘人出入閭巷佩矩帶規知其爲君之弟子其於劉先生也未嘗一見之蓋篤信其書默求以通焉者也劉亦知君足

以傳道卒不得見焉君潸悲之而於學有侶君無憾矣君之先太原離石人五世祖玠仕於金曾祖鼎不仕祖滔以經童登第金將亡徙眞定因居焉戊戌歲詞賦入等占儒籍考松江東宣慰司照磨妣劉氏君少敏悟諸父咸器之素多疾嘗避隱封龍山然卒不得年至大四年五月某日卒年四十有三娶張氏焦氏子二暨垣女一嫁王氏是歲葬槀城縣安仁鄉先塋之側其卒也翰林學士王公思廉以書唁其父曰自敬仲殁詎安氏不幸士林不幸矣有遺文十卷旣葬

之十三年門人蘇天爵述其事狀踵門曰默菴先生
天爵從學實有年先生之德之行願表於墓原使有
考楠作而言曰眞文忠公德秀與朱文公同里生不
及事焉文公之學眞實紹之侑食于廟于祠無異辭
集賢劉公生愈後闡揚合一劉公功與眞公並安君
不得見劉公而道實有傳盛矣哉春陵之學四方爲
有準矣至治三年歲次癸亥二月丁亥翰林眞學士
奉議大夫知制誥同修國史會稽袁桷表

王伯益墓表　　　　　　　　　　　虞　集

皇慶癸丑二月某甲子王君伯益卒於京師客舍治書侍御史趙敬父翰林直學士元復初同知彰慶使栁唐佐皆出錢合所與相知者之賻授其妻之兄莫州知事莫正巳使治其喪五日始克斂而殯諸城南僧寺其友楊載杜本訪其平生所爲詩文傳之又爲作畫像賛及著哀詩哭之舉其孤迪補國子生踰月其弟自大名走京師謀歸其柩將以某年月日葬之某地其先塋也載本又謂集宜爲文表其墓令後人知爲吾伯益所藏云伯益名執謙大名人生數歲入

鄉校旬月中已能冐盡群兒所授書問難其師其師
爲絶席引寘坐側群兒無敢與並因勸其父某送請
郡學未數月又絀其同舍生如鄉校及長其父資之
游京師時中書平章卜顏木公翰林唐承旨公有重
名當世以人材爲已任一見伯益皆曰奇材也不敢
以進用常秩浼伯益將言於上擇舘閣優重地薦之
久之不得如二公志尚方符寶典書滿三年常得四
品官即以伯益爲符寶典書三年竟不得四品官二
公相繼去世無爲伯益言者椰唐佐爲言於張子有

平章平章事隆福宮最貴近而雅好文士禮伯益爲上客留署其府爲徽政院照磨調眞定錄事淩州判官改將作院照磨伯益皆漠如也徒日與彰德田衍師孟河間李京景山濟南張養浩希孟飲酒賦詩爲神交時人望見之皆以爲古仙異人莫一得遇待爲幸閻承旨時在翰林謂人曰吾聞伯益宜供奉翰林苟有意幸得見之伯益不屑也後十餘年始爲翰林應奉文字承務郎同知制誥兼國史院編修官然伯益竟止是官年才四十八悲哉伯益身長不過數尺

不喜騎馬遇好友即提杖出門竟日去不返顧語妻子以爲常始來京師用豪中金不識記數及貲盡益困至終身亦不以介意於書無不讀於人物治道政術甚明白而未始以辯博自雄遇人無賢不肖皆驩然無間而胷中了不可混長年京城居而所以爲詩簡澹蕭遠如在山林不與人接者常謂人曰吾知吳楚多瑰偉奇絶者當委身徃游乃稱吾意耳楊載曰然誠廣伯益以山水之勝視陳子昂李太白未知何如蘊伯益之詩旨意不迫於事物而律法深穩合古

作故識者以載爲知言伯益嘗學修金丹求神僊又嘗潛坐默究爲禪定雖莫竟其所至然灼不爲外境移奪無疑矣杜本曰伯益人品極高去世人已遠當得大徹豈不偉歟惜乎年不待之也未卒前一夕猶與客飲酒人家暮歸坐閱案上書夜且半妻拏頗察其有異召醫未至伯益忽捐几却卧不復言禁鐘不盡一聲趣喚楊載杜本來而復瞑嗚呼若伯益者豈非古之所謂超邁不羣者耶方伯益在斂集往哭之見唐佐語莫知事曰莫夫人何以爲生㓜女若爲得

所得弱子若爲得所長感慨出涕被面毅然以爲己事一坐皆欷歔不能仰視是以莫知事治棺椁後極堅緻理其家尤備此皆有古道非常人所可及嗟大觀伯益之得於人如此則伯益之所存可信已烏乎是爲表

稷山段氏阡表　虞集

泰定四年秋天官侍郎段輔出其先世遺文以示集讀而歎曰嗟夫昔宋失中原文獻隊地蓋爲金者百數十年材名文藝之士相望乎其間至于明道正誼

之學則或鮮傳者矣及其亡也禍亂尤甚斯民之生存無幾況學者乎而河東段氏之學獨行乎捄亾扶傷之際卓然一出於正不惑於神怪不畫於浮近有振俗立教之遺風焉嗚呼可謂善自托於不泯者哉於是輔告集曰維段氏世居絳之稷山由輔而上遡其可知者爲前宋司理參軍諱應規十一世矣司理之六世孫爲金武威郡侯諱矩生三子長曰鈞次曰鏞次曰鐸鐸以正隆進士官至華州防禦使武威所因以得封者也鏞先卒而二人以文行稱謂之河東

二段在防禦時隴西李愈作武威墓表五世之内名德並著自武威而至于今又六世矣家學幸可徵焉子爲叙而纂之將刻諸墓道集辱在同朝不敢辭乃按而書之凡李愈氏已表者不具所具者自鈞始鈞生汝舟汝舟生恒恒生克巳成巳修巳克巳成巳之幼也禮部尚書趙公秉文識之目之曰二妙成巳登至大進士第主宜陽簿及内附朝廷特授平陽提舉學校官不起而克巳終隱于家一時諸侯大夫士皆師尊之各有文集數十卷集所爲讀而興嘆者也克

巳之子三人思永思誠河中府儒學教授思溫皇子
安西王召爲記室參軍不赴以子輔貴贈中順大夫
禮部侍郎上騎都尉追封河東郡伯成巳之子曰思
義平陽路儒學教授四子之孫凡十人似英甫彥孚
輔之兄彝經循順其弟也其九人皆仕有祿位獨輔
晁顯以文行選應奉翰林三爲御史遍歷陝西江南
及中臺以司業教國子生判太常禮儀院尋貳天官
譽名日盛君子有望焉嗚呼自司理君至于今段氏
十一傳凡二百有餘年而代亦三易矣文學之懿前

後相屬豈不偉哉彼以功名富貴赫奕一時者何可勝數然不過一傳再傳而聲迹俱泯自其子孫有不能知其世視此孰爲得失哉故爲之銘銘曰氣蓋世兮慮偏物邈無託兮久焉識耿弱翰兮著微迹何千年兮如白日翩翩兮弟昆顧余庭兮鞠存嘉遯兮無悶善自託兮斯文皇肇造兮有區群林來兮竝驅匪伏兮有待視其家兮多書岌維岳兮潤流斯河世寖顯兮子孫則多邦人有言兮先生之家

張進中墓表

王士熙

貴齒尊老之義尚矣古之有天下者皆養老以求其言居民間則爲父師生于治世涵濡德澤故保其生也無傷更事知艱故言之發也有則厥後三老董公見舉大義之時沛中父老預歌舞成功之日斯老者之著明于世者也聖朝建都燕山民物日富八九十歲翁敦茂龐碩朝廷優之徭役勿事歲時得望殿上上皇帝壽每大朝會百官衣朝服鞠躬以進視班次唯謹毋敢越尺寸而諸耆老高幘愽褐從容暇裕以齒後先門者不加誰何俟百官退乃陟峻陛承清光

歸而娛嬉井陌或騎或步更過飲食和氣粹如大駕出宮則龐眉黃髮序勾陳環衛間見者咸曰樂哉太平之民也張進中居京師有年耆老之一也進中字子正善爲筆其爲筆也管以堅竹毫以鼬鼠極精銳宜書人爭售之繇是四方咸知進中名得其一者以爲珍異而尚方時有所需非進中所爲者不用也進中自持筆以入必賜以酒年益高被璽書蠲其徭役至八十以終時延祐七年某月某日也葬宛平縣岡村妻某氏子某余識京師耆老多矣所敬者唯君及

何失失家善織紗縠最能爲詩充然有得如宋陸務觀可傳也日出買絲騎驢歌吟道中指意良遠張君雅重厚毅然有容坐室中自珍其筆有來求之者曰其貌非儒生雖多予價終不肯出其善者畀之學士先生如淇上王仲謀上黨宋齊彦吴中趙子昂皆與之善三家皆世稱善書者其知君良有以夫今何君張君相繼以隕求似者未之見嗚呼生治世以樂其身不必仕之及也擅一藝以壽其名不必文之多也張君亦何憾焉揭辭墓前用以告來者

真定張君墓表　宋本

真定之真定縣人曰張君諱德林字茂卿夙喪怙恃兄弟衆且貧既長遂贅壻于郡董氏董氏多財無子委君家事君長治生久之資益饒又哀董宗將絶爲外舅買妾覬有以世其祀果生一子名筍亡幾何外舅妾皆死君夫婦鞠筍保抱乳哺之壯悉致家貲以去筍力留同居不可乃與田百畝屋一區爲報君課家人耕蠶以自衣食至治元年七月十四日病卒年六十四至順二年某月某日葬縣之新市鄉安封原

子男一人天佑和寧路儒學正女二人長適朝列大夫監察御史蘇天爵次適郡士宫思敬孫男二中立中和曰蘇君持君事狀告予曰昔杭有富民病且死予生甫三歲遺命壻主家産宅時子取三壻取七子長而訟乖崖張公爲守曰使遺命子七則死壻手矣苟無剛明若張公者則子受屈無疑今張君非迫於孤子之愬非怵於官府禁令非不理於鄉黨親戚之口慨然舍所已據遺諸不争求之時俗亦鮮矣能爲我文以表其墓爲齊民勸乎苟得之將歸刻諸石予

諾而未遂蘇君再請三請且歲餘不懈時蘇君室恆山郡君者已亡于憐其拳拳故妻之父若是乃最其事之概附以卒葬歲月子女孫息之數而系以論曰古未有贅壻秦黔首家貧子壯則山贅始見史傳實弊俗也妻之家不以骨肉視贅壻雖贅壻亦自不以我爲妻家骨肉張延賞韋皐猶爾矧餘人乎陽爲翁翁熱而陰相漠然者爭鬭相責望者皆有之葢實非骨肉而然也故有國者至發民贅壻爲卒將以用其憤忿不平勤勞困苦之氣耳至財者則又民之心也

百金之產出入掌握可沒齒溫飽贅壻於妻之父母之子何有於戲處非骨肉之地當風俗世下之時而張君出焉眞鮮哉方以杭民之訟則大非其倫彼富民者懼然其子於已生而君則求董之子於未有託不相萬萬哉當買妾時君固已無心於其所殖不待推致於筍而後知也然予又有感於蘇君者昔予大父亦壻京師富民張氏張亦無子約曰然後園田屋室金帛皆予物數歲側室育子大父告去張翁媪驚曰何至是縱有子女不當得產之半耶大父曰其不

欲處嫌地竟去舊當狀其事洎其餘行實欲求當世有文者表著金石未能也孫於祖顧久有闕然者蘇君乃能以斯先我豈天賞君盡心外舅而生蘇君俾豈弟親親女以君女而取報乎則鄉所謂弊俗者鎮定之〃間由董張蘇三氏可少湔矣用於世而觀民風者過君墓道以讀是尚有徵焉

元文類卷之五十六終

元文類卷之五十七

元　趙郡蘇天爵伯脩父編次

太原王守誠君實父挍訂

神道碑

故金尚書右丞耶律公神道碑　元好問

右丞文獻公在大定間所以爲通儒爲良史爲名卿材大夫者其事未遠當代耆舊尚及見之好問甞從事史館每見薦紳先生談近代賢臣莫不以公爲稱首公自初入館卽被顧問忠言嘉謀不可一二數及

薊州召還世宗始有意大用公於是時汩沒文字間者餘二十年其衰且病亦已久矣故財入政府卽乞罷未幾果以不起聞私竊慨歎以爲生材爲難盡其材爲尤難古之人急於拯世至於分陰爲惜歲不我與忽焉有齎志之恨觀姚元崇之薦張柬之與張嘉貞之所以自薦爲可見矣世宗重惜名器百執事之人必擇焉而後用得人之盛近古所未有至於孤儁偉傑之士困於資考限於銓選百未一試兀然而空老者抑多矣以公之材當春秋鼎盛時不能使之極

其所至以建久安而隆長治故雖爲章宗所相至論得時行道識者猶以不能亟用爲世宗惜之公諱履字履道遠太祖長子東丹王突欲之七世孫東丹生燕京留守政事令婁國婁國生將軍國隱國隱生太師合魯合魯生太師胡篤胡篤生定遠大將軍內剌內剌生銀青榮祿大夫興平軍節度使德元公之考曰聿魯興平之族弟也公早孤養於興平五歲時嘗夏夜露卧見天際浮雲往來忽謂乳母言此殆卧看青天行白雲者耶興平聞之驚且喜曰吾兒文性見

於此矣自是日知問學讀書一過目輙不忘及長通六經百家之書尤邃於易太玄至於陰陽方技之說歷象推步之術無不洞究善屬文早爲時輩所推爲人美風儀善談論見者戄然敬之嘗以鄉賦一試有司見露索失體即拂衣去廕補內供奉班尋辟國史院書寫素善契丹大小字譯經潤文旨辭達而理得大定初朝廷無事世宗銳意經籍詔以小字譯唐史成則別以女直字傳之以便觀覽公在選中獨主其事書上大嘗賞異擢國史院編修官兼筆硯直長改

置經書所徑以女直字譯漢文選貴胄之秀異就學焉一日世宗召問公朕比讀貞觀政要見魏徵忠諫恨不與之同時近世如徵者獨未之見何也公乃感奮爲上言徵輩不難得特太宗不常有耳世宗曰卿謂我不納諫耶卿識劉用晦張汝霖否二人者皆不應得三品朕以其屢有忠言故越次用之朕豈不納諫耶公曰臣自幼未嘗去朝廷彼二人者誠未見其諫也且海陵杜塞言路天下緘口習以成風願陛下懲艾前弊開忠諫之路以通下情則天下幸甚初議

以時務策設女直進士科禮部以所學不同未可槩稱進士詔公定其事乃上議曰進士之科起於隋大業中始試以策唐初因之至高宗時雜以箴銘賦頌文宗始專用賦且進士之初本專策試今女直諸生以試策稱進士又何疑焉世宗說事遂施行十五年授應奉翰林文字兼前職以大明曆積微浸差乃取金國受命之始年譔乙未元曆云自丁巳大明曆行正隆戊寅三月朔日當食而不之食曆家謂必當改作而朝廷不之䘏也及大定癸巳五月朔甲午十一

月朔日食皆先天丁酉九月朔乃反後天臣輒跡其差忒之由冀得中數以傳永久書成上之世推其精密十九年遷修撰二十年詔提控衍慶宮畫功臣像以稽程降應奉踰年復爲修撰轉尚書禮部員外郎章宗爲金源郡王以公該洽每以經史疑義爲質公承間請曰殿下注意何經章宗曰吾方授左氏春秋公曰左氏雖授經聖人率多權詐駁而不純尚書孟子載聖賢純一之道願留意焉章宗善之曰醇儒之言也二十六年進本部郎中兼同修國史翰林修撰

表進孝經指解言宋仁宗時司馬光以爲古文孝經先秦所傳正得其眞因爲指解上之臣愚竊觀近世皆以兵刑財賦爲急而光獨以童蒙所訓者進之君正以孝爲百行之本其至可以通神明動天地爲人君者誠取其辭旨措之天下四方則元元之民受賜溥矣臣竊慕焉故敢以爲例世世宗母睿宗貞懿皇后睿宗厭世卽爲比丘尼當時朝命嘗有國師之號及是世宗議遷祔于景陵朝臣有以孝寧宮碑所載遺訓當用出家禮葬不可違改爲言者事下禮部講求

往時主上在潛貞懿身奉釋教業已受朝命必當刑葬無可議者尚以人情所難恐傷主上孝心故出明訓使之遵行出於母慈灼然可見本不知有今日之事而然今則子爲天子母后稱號不得不尊國師之命固已華去矣向使主上登極之後貞懿萬福尊崇之數自有典常母后聖性明達必不重違有司之請以從桑門之教以此言之碑文所載不可質於今日明矣從之世宗嘗問宋名臣孰爲優公以端明殿學士蘇軾對世宗曰吾聞蘇軾與駙馬都尉王詵交甚

款至作歌曲戲及帝女非禮之甚其人何足數耶公曰小說傳聞未必可信就令有之戲笑之間亦何須深責豈得并其人而廢之世徒知軾之詩文爲不可及臣觀其論天下事實經濟之良材求之古人陸贄而下未見其比陛下無信小說傳聞而忽賢臣之言明日錄軾奏儀上之詔國子監刊行俄以疾求解世宗憫其勞授薊州刺史爲郡寬猛適中旬月之間政聲藹然此州寳坻鹽司所在瀕海之民煎鹵而食鹽官時以弓兵捕之亦有平民被羅織者一陷於禁往

徃爲之破産官吏疾其然凡以鹽事逮捕者一切勿遣或捕得弓兵則幽之獄中鹽司隨亦取報前後數政不能解一日捕得弓兵公召僚屬諭以和解之意卽縱遣之口授文移過爲謙抑鹽官大爲感悅前弊遂革薊人至今德之是年車駕東狩過州聞公疾稍平召爲翰林侍制同修國史明年擢禮部侍郎兼翰林直學士進官五階世宗不豫詔公入侍遂貢太師淄王定册之功二十九年春三月章宗卽位進禮部尚書兼直學士同修國史特賜孟宗獻牓進士及第

初世宗遺詔移梓宮於萬寧宮章宗詔百官議其事皆謂當以遺詔從事獨公奏曰非禮也天子七月而葬同軌畢至其可使萬國之臣朝大行於離宮乎上從之乃遷座於大安殿七月拜參知政事兼修國史進官兩階公辭以才薄任重恐貽天下笑章宗曰朕在東宮時熟卿名今觀卿言行無不可者故首命相朕此自朕意非左右爲之先容卿其毋讓公乃拜命自以兼直學士入拜乃舉前代光院故事以錢五十萬送學士院學者榮之明昌元年進尚書右丞夏六

月丙午春秋六十一薨於位天子聞而震悼戊申權殯於都城南㮽村詔百官會喪中使宣慰其家賜錢一百萬秋八月辛巳車駕臨奠宰相百官陪賜謚曰文獻賜錢二百萬帛四百匹重幣四十端九月庚午葬於義州弘政縣東南鄉先塋之側其癸引也勅百官郊送遣使祭於路給鼓旗二十事以導詔同知臨海軍節度使營護喪事凡飾終之具皆從官給哀榮終始當世莫及積官正議大夫漆水郡開國公始娶蕭氏遼貴族再娶郭氏峄山世胄之孫三娶楊氏名

士曇之女公以時制人子之養於諸父者不得別贈所生父官故三夫人皆亦不爲請封子男三人曰奉國上將軍武廟署令辨才曰龍虎衛上將軍贈工部尚書善才曰領中書省楚才女三人嫁士族男孫四人鈞鉉鏞鑄公資通敏善辭令胷懷倜儻有文武志膽酬酢事變若迎刃而解與人言必盡誠無隱得人一善若出諸已至稱道不絕口推賢誰能力爲引薦後生輩借公餘論多至通顯論事上前是非利病惟理所在未嘗有所回屈世宗朝御史大夫張景仁領

國史公爲編修受詔修海陵實錄他日世宗問侍臣海陵弑熙宗血濺於面灑及衣袖景仁何爲隱而不書或曰景仁事海陵頗被任使故爲諱之世宗作色曰朕不謂景仁乃有是心公曰臣與景仁嘗有隙必不妄爲葢蔽然景仁未嘗有是心也世宗曰景仁與卿何隙曰臣以小字爲史掾景仁以漢文爲史官于奪之際意多不相叶且謂臣藏匿遼史秩蒲移文選部使不得調此私隙也今對上問公言也臣不敢以私害公世宗又曰隋煬帝弑逆血濺於屏史亦書之

卿謂景仁無是心何不如隋史書之曰煬帝自謚其惡故史臣不載之帝紀而詳見於他傳此所謂闇而章者也海陵以廢昏爲辭明告天下居之不疑此不同也且與之弑君而不辭血濺之罪雖不書可也世宗怒遂解章宗朝太府少監孛特里先爲漢王長史吏卒苦其苛暴誣以怨望語連漢王有司論當死公上封事言陛下飛龍之始當以親親爲先孛特里之獄本出構成就使實如所論猶當以漢王之故容之況疑似之間乎書奏即日原之初興平養公爲子後

生子震與平捐館悉推家資予之及震卒妻子貧無以爲資復收養之族人有負人債而宦遊不返者公代爲輸息者十年既又無以償遂代償之奉使江左得金直千萬皆散之親舊旬月而盡薨之日庫錢裁餘二千而已體素臞瘁一旦暴得吐疾登至委頓家人憂懼不知所爲冠曰死生如去來人之恒理何憂懼之有取吾冠服來服之怡然而逝其安常處順又如此晚稱忌言居士有文數百篇論者獨推其揲蓍說葢不階師授而獨得之者癸卯秋八月中令君使

謂好問言先公神道碑泰和末先夫人教授禁中章宗以魏摶霄所撰墓銘爲未盡欲喬轉運宇爲之而不及也今屬筆於子幸而論次之以俟百世之下好問再拜曰謹受教乃爲之銘曰德星煌煌出東方讓王七世蔚有光高陽苗裔襲衆芳得易貞幹書潛剛帝前巍冠講虞唐德音一鳴鳳朝陽謂公不逢相明昌謂公爲逢違所長風后力牧望顔行老之著作曁典常興陵用公殆未嘗丘山萬牛僨且僵顧以棖闑待豫章緊國短修奚我傷維公之息季獨良不周柱

天屹堂堂有來殷士作祼將力摯一世歸壽康泝游摧之公不亡千年萬家置冢旁龜石有銘示不忘淵兮漆水其未央

中書令耶律公神道碑

宋子貞

國家之興肇基於朔方惟太祖皇帝以聖德受命恭行天罰馬首所向蔑有能國太宗承之旣懷八荒遂定中原薄海內外罔不臣妾於是立大政而建皇極作新宮以朝諸侯蓋將樹不拔之基垂可繼之統者也而公以命世之才值興王之運本之以廊廟之器

輔之以天人之學纏綿二紀開濟兩朝贊經綸於草
昧之初一制度於安寧之後自任以天下之重屹然
如砥柱之在中流用能道濟生靈視千古爲無愧者
也公諱楚材字晉卿姓耶律氏遼東丹王突欲之八
世孫王生燕京畱守政事令婁國畱守生將軍國隱
將軍生太師合魯合魯生太師胡篤胡篤生定遠將
軍內剌定遠生榮祿大夫興平軍節度使德元始歸
金朝其弟聿魯生履興平鞠以爲子遂爲之後以文
章行義受知於世宗擢翰林待制再遷禮部侍郎章

宗即位有定策功進禮部尚書參知政事終於尚書右丞謚曰文獻即公之考也妣楊氏封漆水國夫人公以明昌元年六月二十日生文獻公通術數亢邃太玄私謂所親曰吾年六十而得此子吾家千里駒也他日必成偉器且當爲異國用因取左氏之楚雖有材晉實用之以爲名字公生三歲而孤母夫人楊氏誨育備至稍長知力學年十七書無所不讀爲文有作者氣金制宰相子得試補省掾公不就章宗特賜就試則中甲科考滿授同知開州事貞祐甲戌宣

宗南渡丞相完顔承暉留守燕京行尚書省事表公爲左右司員外郎越明年京城不守遂屬國朝太祖素有并吞天下之志嘗訪遼宗室近族至是徵詣行在入見上謂公曰遼與金爲世讎吾與汝已報之矣公曰臣父祖以來皆嘗北面事之既爲臣子豈敢復懷貳心讎君父耶上雅重其言處之左右以備咨訪己卯夏六月大軍征西禡旗之際雨雪三尺上惡之公曰此克敵之象也庚辰冬大雷上以問公公曰梭里檀當死中野已而果然梭里檀回鶻王稱也夏人

常八斤者以治弓見知乃詫於公曰本朝尚武而明公欲以文進不已左乎公曰且治弓尚須弓匠豈知天下不用治天下匠耶上聞之喜甚自是用公日密初國朝未有曆學而回鶻人奏五月望夕月食公言不食及其果不食明年公奏十月望夜月食回鶻人言不食其夜月食八分上大異之曰汝於天上事尚無不知況人間事乎壬午夏五月長星見西方上以問公公曰女直國當易主矣逾年而金主死於是每將出征必令公預卜吉凶上亦燒羊髀骨以符之行

次東印度國鐵門關侍衛者見一獸鹿形馬尾綠色
而獨角能為人言曰汝君宜早迴上怪而問公公曰
此獸名角端日行一萬八千里解四夷語是惡殺之
象蓋上天遣之以告陛下願承天心宥此數國人命
實陛下無疆之福上即日下詔班師丙戌冬十一月
靈武下諸將爭掠子女財幣公獨取書數部大黄兩
駞而已既而軍士病疫唯得大黄可愈所活幾萬人
其後燕京多盜至駕車行刼有司不能禁時睿宗監
國命中使偕公馳傳往治既至分捕得之皆勢家子

其家人輩行賂求免中使惑之欲爲覆奏公執以爲不可曰信安咫尺未下若不懲戒恐致大亂遂刑一十六人京城帖然皆得安枕矣己丑太宗即位公定册立儀禮皇族尊長皆令就班列拜尊長之有拜禮蓋自此始諸國來朝者多以冒禁應死公言陛下新登寶位願無污白道子從之蓋國俗尚白以白爲吉故也時天下新定未有號令所在長吏皆得自專生殺少有忤意則刀鋸隨之至有全室被戮襁褓不遺者而彼州此郡動輒兵興相功公首以爲言皆禁絶

之自太祖西征之後倉廩府庫無斗粟尺帛而中使別迭等僉言雖得漢人亦無所用不若盡去之使草木暢茂以爲牧地公卽前曰夫以天下之廣四海之富何求而不得但不爲耳何名無用哉因奏地稅商稅酒醋鹽鐵山澤之利周歲可得銀五十萬兩絹八萬匹粟四十萬石上曰誠如卿言則國用有餘矣卿試爲之乃奏立十路課稅所設使副二員皆以儒者爲之如燕京陳時可宣德路劉中皆天下之選因時時進說周孔之教且謂天下雖得之馬上不可以馬

上治上深以爲然國朝之用文臣蓋自公發之先是諸路長吏兼領軍民錢穀往往恃其富強肆爲不法公奏長吏專理民事萬戶府總軍政課稅所掌錢穀各不相統攝遂爲定制權貴不能平燕京路長官石抹咸得不激怒皇叔但專使來奏謂公悉用南朝舊人且渠親屬在彼恐有異志不宜重用且以國朝所忌誣構百端必欲置之死地事連諸執政時鎮海粘合重山實爲同列爲之股慄曰何必強爲更張計必有今日事公曰自立朝廷以來每事皆我爲之諸公

何與焉若果獲罪我自當之必不相累上察見其誣怒逐來使不數月會有以事告咸得不者上知與公不協特命鞫治公奏曰此人倨傲無禮狎近群小易以招謗今方有事於南方他日治之亦未爲晚上頗不悅已而謂侍臣曰君子人也汝曹當效之辛卯秋八月上至雲中諸路所貢課額銀幣及倉廩米穀簿籍具陳於前悉符元奏之數上笑曰卿不離朕左右何以能使錢穀流入如此不審南國復有卿比者否公曰賢於臣者甚多以臣不才故留於燕上親酌大

觴以賜之即日授中書省印俾領其事事無巨細一以委之宣德路長官太傅秃花失陷官糧萬餘石恃其勳舊密奏求免上問中書知否對曰不知上取鳴鏑欲射者再良久叱出使白中書省償之仍勑今後凡事先白中書然後聞奏中貴苦木思不花奏撥戶一萬以爲采鍊金銀栽種蒲萄等戶公言太祖有旨山後百姓與本朝人無異兵賦所出緩急得用不若將河南殘民貸而不誅可充此役且以實山後之地上曰卿言是也又奏諸路民戶今已疲乏宜令土居

蒙古回鶻河西人等與所在居民一體應輸賦役皆施行之壬辰車駕至河南詔陝洛秦虢等州山林洞穴逃匿之人若迎軍來降與免殺戮或謂此輩急則來附緩則復資敵耳公奏給旗數百面悉令散歸已降之郡其活不可勝數國制凡敵人拒命矢石一發則殺無赦汴京垂陷首將速不䚟遣人來報且言此城相抗日久多殺傷士卒意欲盡屠之公馳入奏曰將士暴露凡數十年所爭者地土人民耳得地無民將焉用之上疑而未决復奏曰凡弓矢甲仗金玉等

匠及官民富貴之家皆聚此城中殺之則一無所得是徒勞也上始然之詔除完顏氏一族外餘皆原免時避兵在汴者戶一百四十七萬仍奏選工匠儒釋道醫卜之流散居河北官爲給贍其後攻取淮漢諸城因爲定例初汴京未下奏遣使入城索取孔子五十一代孫襲封衍聖公元措令收拾散亡禮樂人等及取名儒梁陟等數輩於燕京置編修所平陽置經籍所以開文治時河南初破被俘虜者不可勝計及聞大軍北還逃去者十八九有詔停留逃民及資給

飲食者皆死無問城郭保社一家犯禁餘並連坐由是百姓惶駭雖父子弟兄一經俘虜不敢正視逃民無所得食踣死道路者踵相躡也公從容進說曰十餘年間存撫百姓以其有用故也若勝負未分慮涉攜貳今敵國已破去將安往豈有因一俘囚罪數百人者乎上悟詔停其禁金國既亡唯秦鞏等二十餘州連歲不下公奏吾人之得罪逃入金國者皆萃於此其所以力戰者蓋懼死耳若許以不殺不攻而自下矣詔下皆開門出降期月之間山外悉平甲午詔

括戶口以大臣忽覩虎領之國初方進取所降下者因以與之自一社一民各有所主不相統屬至是始隸州縣朝臣共欲以丁爲戶公獨以爲不可皆曰我朝及西域諸國莫不以丁爲戶豈可舍大朝之法而從亡國政耶公曰自古有中原者未嘗以丁爲戶若果行之可輸一年之賦隨即逃散矣卒從公議時諸王大臣及諸將校所得驅口往往寄留諸郡幾居天下之半公因奏括戶口皆籍爲編民乙未朝議以回鶻人征南漢人征西以爲得計公極言其不可曰漢

地西域相去數萬里比至敵境人馬疲乏不堪爲用況水土異宜必生疾疫不若各就本土征進似爲兩便爭論十餘日其議遂寢丙申上會諸王貴臣親執觴以賜公曰朕之所以推誠任卿者也非卿則天下亦無今日朕之所以得高枕而卧者卿之力也蓋太祖晚年屢屬於上曰此人天賜我家汝他日國政當悉委之其秋七月忽覩虎以戶口來上議割裂諸州郡分賜諸王貴族以爲湯沐邑公曰尾大不掉易以生隙不如多與金帛足以爲恩上曰業已許之復曰

若樹置官吏必自朝命除恒賦外不令擅自徵斂差可久矣從之是歲始定天下賦稅等二戶出絲一斤以供官用王戶出絲一斤以與所賜之家上田每畝稅三升半中田三升下田二升水田五升商稅三十分之一鹽每銀一兩四十斤已上以爲永額朝正皆謂太輕公曰將來必有以利進者則已爲重矣國初盜賊充斥商賈不能行則下令凡有失盜去處周歲不獲正賊令本路民戶代償其物前後積累動以萬計及所在官吏取借囘鶻債銀其年則倍之次年則

并息又倍之謂之羊羔利積而不已往往破家散族至以妻子爲質然終不能償公爲請於上悉以官銀代還凡七千六千定仍奏定今後不以歲月遠近子本相侔更不生息遂爲定制侍臣脫歡奏選室女敕中書省發詔行之公持之不下上怒召問其故公曰向所刷室女二十八人尚在燕京足備後宮使令而脫歡傳旨又欲徧行選刷臣恐重擾百姓欲覆奏陛下耳上良久曰可遂罷之又欲於漢地拘刷牝馬公言漢地所有蠶絲五穀耳非產馬之地若今日行之

後必爲例是徒擾天下也乃從其請丁酉汰三教僧道試經通者給牒受戒許居寺觀儒人中選者則復其家公初言僧道中避役者多合行選試至是始行之始諸王貴戚皆得自起驛馬而使臣猥多馬悉倒之則豪奪民馬以乘之城郭道路所至騷動及其到館則要索百端供饋稍緩輙被箠撻館人不能堪公奏給牌劄仍定飲食分例其弊始革因陳時務十策一曰信賞罰二曰正名分三曰給俸祿四曰封功臣五曰考殿最六曰定物力七曰汰工匠八曰務農桑

九日定上貢十日置水運上雖不能盡行亦時擇用焉回鶻阿散阿迷失告公私用官銀一千定上召問公公曰陛下試詳思之曾有旨用銀否上曰朕亦憶得嘗令脩葢宮殿用銀一千定公曰是也後數日上坐萬安殿召阿散阿迷失詰之遂服其誣太原路課稅使副以贓罪聞上讓公曰卿言孔子之教可行儒者皆善人何故亦有此輩公曰君父之教臣子豈欲陷之於不義而不義者亦時有之三綱五常之教有國有家者莫不由之如天之有日月星辰也豈可因

一人之有過使萬世常行之道獨見糜于我朝乎上意乃辭戊戌天下大旱蝗上問公以禦之之術公曰今年租賦乞權行倚閣上曰恐國用不足公曰倉庫見在可支十年許之初籍天下戶得一百四萬至是逃亡者十四五而賦仍舊天下病之公奏除逃戶二十五萬民賴以安燕京劉忽篤馬者陰結權貴以銀五十萬兩撲買天下差發涉獵發丁者以銀二十五萬兩撲買天下係官廊房地基水利豬鷄劉庭玉者以銀五萬兩撲買燕京酒課又有回鶻以銀一百萬

兩撲買天下鹽課至有撲買天下河泊橋梁渡口者公曰此皆姦人欺下罔上爲害甚大咸奏罷之嘗曰與一利不若除一害生一事不若減一事人必以爲班超之言蓋平平耳千古之下自有定論上素嗜酒晩年尤甚日與諸大臣酣飲公數諫不聽乃持酒槽之金口曰此鐵爲酒所蝕尚致如此況人之五臟有不損耶上悅賜以金帛仍勑左右日進酒三鍾而止時四方無虞上頗怠於政事姦邪得以乘間而入初公自庚寅年定課稅所額每歲銀一萬定及河南旣

下戸口滋息增至二萬二千定而囘鶻譯史安天合至自汴梁倒身事公以求進用公雖加獎借終不能滿望即奔詣鎭海百計行間首引囘鶻奥都剌合蠻撲買課稅增至四萬四千定公曰雖取四十四萬亦可得不過嚴設法禁陰奪民利耳民窮爲盜非國之福而近侍左右皆爲所啗上亦頗惑衆試欲令試行之公反復爭論聲色俱厲上曰汝欲鬭搏耶公力不能奪乃太息曰撲買之利既興必有躡跡而篡其後者民之窮困將自此始於是政出多門矣公正色立

朝不爲少屈欲以身徇天下每陳國家利病生民休
戚辭氣懇切孜孜不已上曰汝又欲爲百姓哭耶然
待公加重公當國日久每以所得祿賜分散宗族未
嘗私以官爵或勸以乘時廣布枝葉固本之術也公
曰金幣資給足以樂生若假之官守設有不肖者干
違常憲吾不能廢公法而徇私情且狡兎三穴吾不
爲也辛丑春二月上疾篤脉絶皇后不知所以召公
問之公曰今朝廷用非其人天下罪囚必多寃枉故
天變屢見宜大赦天下因引宋景公熒惑退舍之事

以爲證后亟欲行之公曰非君命不可頃之上少蘇后以爲奏上不能言頷之而已赦發脉復生冬十一月上勿藥已久公以太一數推之奏不宜畋獵左右皆曰若不騎射何以爲樂獵五日而崩癸卯后以儲嗣問公公曰此非外姓臣所當議自有先帝遺詔在遵之則社稷幸甚奧都剌合蠻方以貨取朝政執政者亦皆阿附唯僤公沮其事則以銀五萬兩賂公公不受事有不便於民者輒中止之時后已稱制則以御寶空紙付奧都剌合蠻令從意書填公奏曰天下先

帝之天下其章號令自先帝出必欲如此臣不敢奉詔尋復有旨奥都剌合蠻奏準事理令史若不書塡則斷其手公曰軍國之事先帝悉委老臣令史何與焉事若合理自是遵行若不合理死且不避況斷手乎因厲聲曰老臣事太祖太宗三十餘年固不負于國家皇后亦不能以無罪殺臣若雖怨其忤已亦以先朝勳舊曲加敬憚焉公以其年五月十有四日以疾薨於位享年五十五蒙古諸人哭之如喪其親戚和林爲之罷市絶音樂者數日天下士大夫莫不茹泣

相丏以中統二年十月二十日葬於玉泉東塋山之陽從遺命也以漆水國夫人蘇氏祔先娶梁氏以兵亂隔絶歿於河南之方誠生子鉉監開平倉卒蘇氏東坡先生四世孫威州刺史公弼之女生子鑄今爲中書左丞相孫男十一人曰希微曰希勃曰希亮曰希寛曰希素曰希周曰希光曰希逸曰希　曰希　曰希　女孫五人適貴族公天姿英邁迥出人表雖案牘滿前左酬右答咸適其當又能以忠勤自將嘗會計天下九年之賦毫釐有差則通宵不寐平居不

妄言笑疑若簡傲及一被接納則和氣溫溫令人不能忘平生不治生產家財未嘗問其出入及其薨也人有譖之者曰公爲相二十年天下貢奉皆入私門后使衛士視之唯名琴數張金石遺文數百卷而已篤於好學不舍晝夜嘗誡諸子曰公務雖多晝則屬官夜則屬私亦可學也其學務爲該洽凡星曆醫卜雜筭內筭音律儒釋異國之書無不通究嘗言西城曆五星密於中國乃作麻答肥曆蓋回鶻曆名也又以日食躔度與中國不同以大明曆浸差故也乃定

文獻公所著乙未元曆行于世既葬公七年令丞相持進士趙衍狀以銘見屬國家承大亂之後天綱絕地軸折人理滅所謂更造夫婦肇有父子者信有之矣加以南北之政每每相戾其出入用事者又皆諸國之人言語之不通趣向之不同當是之時而公以一書生孤立于廟堂之上而欲行其所學戞戞乎其難哉幸賴明天子在上諫行言聽故奮袂直前力行而不顧然而其見于設施者十不能二三而天下之人固已鈞受其賜矣若此時非公則人之類又不知

其何如耳銘曰

帝王之興輔弼是賴誰其尸之不約而會阿衡返商尚父歸周風雲一旦竹帛千秋赤氣告祥龍飛朔野義師長驅削平天下儒服從容左右彌縫克誠厥功惟中令公令公維何代掌爕理太師之孫文獻之子白壁堂堂維國之華帝曰斯人天賜我家重明耀離大命旣革乾旋坤轉如再開闢內外疇咨付之鈞司吾國吾民汝翼汝爲公拜稽首曰敢不力權輿帝墳草創人極郡國相師以殺爲嬉陰盜赤子弄兵潢池

潢號一布捷于風雨指麾群雄圈豹檻虎賢哲深藏
固拒牢關潛行公卿求活草間隨材擇用鬱爲榱棟
網羅四方狩麟蒐鳳府庫填充粟帛流通公于是時
蕭何關中臺閣討裁典章燦煥公于是時玄齡貞觀
逋俘纍纍蔽野僵屍我燠而寒我飽而飢圍城惴惴
假息寸晷我解其縛我生其死生息長養教誨飲食
民到于今家受其賜惟天雖高其監則明乃祚元子
再秉樞衡動在盟府名昭國史富貴壽考哀榮終始
莓莓新阡浩浩流泉不朽載傳尚千萬年

元文類卷五十

傳古樓景印